I0680151

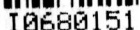

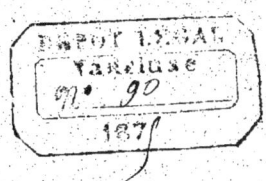
CONFÉRENCES AGRICOLES

COMPTE-RENDU

DES

CONFÉRENCES

qui ont eu lieu à Avignon, du 3 au 8 Mai 1875

À L'OCCASION

DU CONCOURS RÉGIONAL AGRICOLE

SOUS LE PATRONAGE

DE LA SOCIÉTÉ D'AGRICULTURE & D'HORTICULTURE DE VAUCLUSE

ET DE LA CHAMBRE DE COMMERCE D'AVIGNON

par les Secrétaires des Conférences

MM. Th. GOUBET & Fréd. FABRE

Membres de la Société d'Agriculture de Vaucluse

AVIGNON

AMÉDÉE CHAILLOT, IMPRIMEUR-LIBRAIRE

Place du Change, 5.

1875

Les Conférences agricoles organisées à Avignon, à l'occasion du Concours régional, sous le patronage de la Société d'Agriculture et d'Horticulture de Vaucluse et de la Chambre de Commerce, ont été suivies par un grand nombre d'auditeurs. On nous demande si ces Conférences seront publiées ; pour répondre à ce désir, nous donnons aujourd'hui un Compte-rendu sommaire ; la publication complète sera faite ultérieurement.

Nous sommes heureux de remercier encore une fois les savants conférenciers, les consciencieux rapporteurs qui ont répondu à notre appel et ont bien voulu abandonner un instant leurs travaux pour faire connaître aux agriculteurs de la région le résultat de leurs investigations, de leurs observations et de leurs études et pour mettre en lumière tous les faits dignes d'être signalés.

Ces Procès-verbaux, rédigés par deux membres de la Société d'Agriculture de Vaucluse (MM. Goubet, avocat, et Fabre, directeur des Docks), qui avaient accepté les fonctions de secrétaires des conférences, sont le résultat d'un travail rapide. Si des inexactitudes ont pu s'y glisser, nous serons heureux de recevoir les rectifications, et il y sera fait droit lors de la publication *in extenso* de tous ces travaux.

1

Nous donnons ce résumé sans commentaires, sans approbation ni improbation, dans le seul but de porter à la connaissance des agriculteurs des faits et des expériences, de leur donner l'opinion des agronomes et des industriels les plus autorisés.

L'agriculture est avant tout une science expérimentale, et s'accommode peu des théories que n'a point corroborées une heureuse pratique. La prudence est un guide nécessaire ; nous abstenant de repousser *a priori*, ce que la science pure nous présente, nous devons attendre que les solutions proposées aient été suivies d'effets fructueux.

Marquis de L'ESPINE.

CONFÉRENCES AGRICOLES

PROCÈS-VERBAUX DES SÉANCES

Séance du Lundi 3 Mai 1875.

A deux heures précises, M. le Préfet ouvre la séance.
Le bureau est ainsi composé : M. le Préfet, président ;
M. le Maire de la Ville d'Avignon ; M. le Marquis de
L'Espine, président de la Société d'Agriculture et d'Horti-
culture de Vaucluse; M. J. Valabrègue, président de la
Chambre de Commerce; MM. Th. Goubet et Fabre, secré-
taires.

Sur l'estrade prennent place M. l'Inspecteur général,
Halna du Frétay; MM. les Membres de la Chambre de
Commerce et du bureau de la Société d'Agriculture et
d'Horticulture de Vaucluse.

M. le préfet prononce le discours suivant :

« Messieurs,

« M. le Président de la Société d'Agriculture d'Avignon, dont
l'intelligente activité est bien connue, a eu l'heureuse pensée d'organiser des Conférences agricoles publiques, pendant la durée du
Concours des neuf départements méditerranéens qui forment la
région du Sud de la France.

« Je me suis empressé de m'associer à cette idée, en autorisant les Conférences projetées. Le très sympathique Maire de cette ville a, de son côté, tenu à honneur de vous offrir l'hospitalité d'une des salles du Palais municipal, transformé à cette heure en une académie d'agriculture.

« Je remercie d'abord le Président de la Société d'Agriculture et le Maire d'Avignon ainsi que M. le Président de la Chambre de Commerce. Je remercie encore et surtout les hommes distingués et dévoués qui, de loin ou de près, ont bien voulu nous prêter généreusement leur aide dans cette circonstance et apporter ainsi un élément de plus, celui de leur science, à cet enseignement pratique, solennel et vivant du Concours régional. Je remercie enfin M. l'Inspecteur général de l'Agriculture, pour le zèle qu'il déploie dans l'accomplissement de sa tâche laborieuse.

« La vigne, le vin, la garance, la soie, les plantes fourragères, potagères et industrielles d'une introduction récente; la production du lait, les irrigations, la météorologie, les betteraves, la technologie agricole, les lois de la végétation et les engrais ; tels sont les sujets intéressants et variés qui seront traités dans ces Conférences et offerts aux esprits désireux d'apprendre.

« Le nom de ceux qui vont occuper pendant quelques heures trop courtes et trop rares ces chaires improvisées d'agriculture, est plus qu'une promesse, c'est une certitude de succès.

« C'est un grand honneur et une bonne fortune dont je sens tout le prix, croyez-le bien, Messieurs, que d'être appelé à présider à l'inauguration de vos utiles travaux. Cet honneur et cette fortune je les dois, je le sais, à mes fonctions d'administrateur du département ; permettez-moi d'invoquer un autre titre moins officiel : l'affection profonde et le dévouement absolu que j'ai voués au sol Vauclusien, qui est devenu ma patrie, à ses habitants et à ses intérêts.

« Je termine sur ce mot et je déclare ouvertes les Conférences agricoles. »

M. Roger du Demaine, maire d'Avignon, souhaite la bienvenue aux hommes éminents qui ont bien voulu prêter leur concours aux Conférences.

Nous sommes heureux de reproduire ce discours qui a été couvert d'unanimes applaudissements.

« Messieurs,

« Comme Maire de cette laborieuse et intelligente Cité, l'honneur m'écheoit de vous souhaiter la bienvenue, au nom de mes concitoyens.

« Les sentiments qui vous ont conduits à nos solennités agricoles, portent en eux un tel caractère d'utilité et de grandeur, que je considère comme un devoir de vous remercier d'être venus les affirmer et les développer parmi nous.

« Agronomes, viticulteurs, savants, vous venez ranimer nos courages, nous initier aux secrets que vous a dévoilés l'étude, et nous soutenir dans cette lutte que commandent les épreuves de l'heure présente.

« Soyez donc les bienvenus, Messieurs : votre voix amie trouvera dans notre population le plus sympathique écho, vous nous donnerez les moyens de restituer à nos cultures leur splendeur de naguères, vous ferez reverdir nos pampres défeuillés, et, par vos conseils, vous saurez ramener la joie dans nos campagnes, avec l'espoir de meilleures récoltes.

« Excitez-nous surtout, Messieurs, à chérir notre sol : c'est là que se trouve le secret de notre grandeur nationale ! Le sol !.... *Alma parens*, comme l'appelait le poëte qui chanta le mieux la nature, le sol !.... dont le culte, hélas ! va s'affaiblissant, pour faire face aux rêves chimériques de l'ambition, aux utopies, et, parfois, aux convoitises malsaines !

« L'histoire nous apprend que les peuples agricoles furent toujours les plus patriotes, et que c'est chez eux surtout, que l'on trouve la constante pratique des plus mâles vertus, et les exemples du plus noble héroïsme !

« Réveillez dans nos cœurs ces sentiments, s'ils étaient assoupis. Faites-nous aimer nos champs d'un filial amour, et forcément, alors, nous aimerons la patrie !

« C'est donc un noble but que celui qui vous amène au milieu
de nous : je ne m'étonne pas qu'il ait séduit des esprits aussi élevés
que les vôtres.

« En vous adressant l'expression d'une gratitude à laquelle vous
avez des titres si réels, je dois remercier aussi le Gouvernement
qui favorise de tout son appui l'Agriculture française, et sait si di-
gnement encourager ses efforts.

« Je remercie tout spécialement Monsieur le Ministre de nous
avoir envoyé, en Monsieur l'Inspecteur général, un maître habile
en l'art des cultures, guide aussi éclairé que bienveillant ami.

« C'est sous son patronage, sous celui de notre vaillant Préfet
de Vaucluse, Président d'honneur du Concours régional, sous celui
aussi du chef militant de notre Société d'Agriculture, auquel revient l'initiative et l'idée première de ces Conférences, et avec le
généreux appui du Président de la Chambre de Commerce d'Avignon, que vont s'ouvrir vos travaux.

« Vous saurez, Messieurs, les mener à bonne fin : le succès les
couronnera !

« J'en ai pour garants, à la fois, votre science si justement
vantée et votre absolu dévouement. »

M. Jonathan Valabrègue, président de la Chambre
de Commerce donne un compte-rendu sommaire des essais
d'amélioration de la culture de la garance opérés par une
Commission instituée par la Société d'Agriculture et la
Chambre de Commerce. Il s'exprime ainsi :

« Messieurs,

« Vous avez entendu les paroles éloquentes que M. le Préfet,
président d'honneur, a prononcées, en ouvrant la séance.

« Vous venez également d'entendre le premier magistrat de notre
cité, souhaiter en des termes fort distingués, la bienvenue aux personnes qui nous font l'honneur de se rendre à notre invitation.

« Permettez-moi, Messieurs, de joindre à ces accents élevés

quelques mots seulement, pour vous faire connaître les efforts que nous avons faits, afin d'atténuer, autant que possible, la crise que traversent notre agriculture et notre commerce, menacés par la découverte de l'alizarine artificielle.

« La Chambre de Commerce s'est émue, (nos publications vous l'ont appris), lorsqu'elle eut connaissance de cette découverte. Pour tâcher de parer au péril, elle ouvrit immédiatement une liste qui, en peu de jours, fut couverte de 14,000 francs de souscriptions, sans compter ce qui fut généreusement accordé par notre Conseil municipal, le Conseil général de Vaucluse et le Ministre de l'agriculture et du commerce.

« Avec ces diverses sommes, nous pûmes fournir gratuitement aux agriculteurs des engrais chimiques, afin de tâcher d'améliorer la culture de la garance.

« Une commission mixte, composée de plusieurs membres pris dans la Société d'Agriculture et dans la Chambre de Commerce, s'est occupée des moyens propres à obtenir une amélioration notable dans les résultats agricoles.

« Cette Commission n'a pas seulement borné ses investigations au pays, elle les a portées au loin.

« Avec l'aide du Gouvernement, à qui je me plais à rendre ici un sincère hommage, elle a obtenu des renseignements nombreux, précis et intéressants sur toutes les contrées qui produisent de la garance. Elle a reçu des pays les plus lointains des graines d'alizaris de première qualité, produisant des racines supérieures par leur netteté, leur rendement et leur colorant.

« Elle a fait des essais multiples dans un laboratoire de chimie qu'elle a créé : ces essais ont parfaitement réussi, ce qui nous donne quelque espoir pour l'avenir.

« Le résultat de tous nos travaux, Messieurs, a été coordonné par les soins intelligents de MM. Besse et Rieu, dans un remarquable rapport qui a eu l'approbation de tous ceux qui l'ont lu. Aussi, pour les récompenser de leurs efforts, le Ministre, à l'occasion de notre Concours régional, leur a manifesté toute sa satisfaction, en accordant à chacun d'eux une médaille d'or.

« De concert avec M. le marquis de l'Espine, mon honorable collègue, président de la Société d'Agriculture, dont le zèle éclairé nese ralentit jamais, nous sommes en instance auprès du Gouvernement pour faire doter notre région, si éprouvée, d'une station agronomique.

« Nous espérons que l'honorable Halna du Frétay, inspecteur général de l'Agriculture, qui a toujours porté un si vif intérêt à tout ce qui touche notre département, voudra bien nous seconder dans notre demande et l'appuyer de sa haute influence auprès de M. le Ministre.

« Quant à M. le Préfet et M. le Maire, je n'en parle pas, leur concours bienveillant ne nous ayant jamais fait défaut.

« Voilà, en résumé, ce que nous avons fait jusqu'à ce jour.

« Nous ne nous bornons pas là ; nous continuons dans un champ d'essai, que nous venons encore d'agrandir, nos expériences agricoles, en nous occupant simultanément des épreuves chimiques dans notre laboratoire.

« Puissent nos recherches être couronnées de succès, et apporter bientôt quelque amélioration à notre agriculture, à notre commerce et à notre industrie ! »

M. le marquis de L'Espine, président de la Société d'Agriculture, remercie M. le Préfet et M. le Maire des preuves de sympathie qu'ils donnent à notre agriculture si durement éprouvée et donne communication du programme des Conférences.

Réunir les agriculteurs venus de tous les points de la région, leur donner les moyens de se connaître, d'échanger leurs idées, de se concerter sur les améliorations à réaliser comme sur les dangers à conjurer, de s'instruire par les leçons des savants et des hommes distingués qui ont bien voulu prendre le soin de porter la parole : telle est la pensée qui a présidé à l'organisation des Conférences agricoles.

L'honorable président de la Société d'Agriculture — qui a su mener cette œuvre à bonne fin — se félicite du concours qu'il a rencontré dans la Chambre de Commerce.

Après avoir exposé le but des Conférences, M. le marquis

de L'Espine en développe le programme et indique le sommaire de toutes les séances, donne le nom des conférenciers et des rapporteurs et les remercie, — en termes que nous voudrions retrouver, — du concours qu'ils ont bien voulu accorder.

M. de L'Espine, qui parle en homme de cœur et dont la parole a les entraînements que donnent la conviction et l'amour de son pays, est vivement applaudi.

Avant de terminer, il annonce que nous n'aurons pas le plaisir d'entendre M. Henri Marès. L'éminent secrétaire perpétuel de la Société d'Agriculture de l'Hérault a été rappelé à Paris par la maladie d'un de ses proches.

Appel a été fait à M. Camille Saint-Pierre, professeur à la Faculté de Médecine et à l'École d'Agriculture de Montpellier. M. Saint-Pierre qui est un « peu notre compatriote et beaucoup notre ami » a bien voulu nous donner aujourd'hui la conférence qu'il avait promise pour samedi.

M. le Préfet, président, donne la parole à M. Camille Saint-Pierre.

M. St-Pierre traite la question suivante.

« *Étant donnée la situation actuelle de l'industrie garan-*
« *cière dans Vaucluse, chercher le moyen de tirer parti de*
« *son outillage et des conditions économiques créées par cette*
« *industrie.* »

L'industrie garancière traverse une crise terrible. Les uns cherchent le moyen d'obtenir dans la racine une augmentation de richesse colorante, d'autres se préoccupent du soin de trouver une culture qui appropriée à notre sol et à notre climat supplée à la garance.

On a pensé que la betterave serait avantageusement cultivée dans ce département. La betterave doit être utilisée sur place, le transport en est impossible au point de vue pratique et agricole : dès lors, admettant la réussite de cette culture, il importe d'examiner si le pays offre des ressources sûres et peu coûteuses pour extraire de la betterave les produits qu'elle peut donner. Or, rien dans ce pays ne serait plus facile : on peut transformer l'outillage garancier au profit de la betterave.

Quel est l'avenir de la garance ?

Aujourd'hui les bas prix rendent la situation très-critique. Faut-il les attribuer à la diminution du principe colorant qui est réduit à 1 %, alors qu'il s'élevait autrefois à 2 % ? Pouvons-nous espérer d'obtenir des garances plus riches et d'avoir ainsi un prix correspondant à l'augmentation du principe colorant ?

D'autre part l'alizarine artificielle ne subira-t-elle pas à son tour une crise prochaine par suite de l'augmentation du prix de l'anthracène, qui est son principe ?

Ce sont là des solutions délicates, incertaines ; il faut attendre et la prudence exige que l'outillage garancier soit ménagé, conservé.

Cet outillage dans le département comprend 10 moulins et 14 fabriques et occupe plus de mille ouvriers : c'est un capital en usines de dix à douze millions.

Conserver cet outillage en attendant le dénouement du problème garancier est donc un devoir.

Mais on peut l'utiliser avec avantage au cas de la culture de la betterave.

La betterave donne un jus très-sucré. Le point le plus important est d'en conserver le produit.

Dans le Nord, dès la récolte, on enfouit ces racines dans des silos, où on les prend au fur et à mesure des besoins de la fabrication. En Allemagne, le système est différent : on dissèque les racines dans des étuves, et ce moyen est préférable.

Nos usines à garances se prêtent sans peine à ces applications.

La betterave sert à faire du sucre ou des alcools. Inutile de s'occuper des sucres, ce serait un outillage nouveau et très-dispendieux à établir, mais il suffirait de s'attacher à la production de l'alcool.

Nos meules à garances feraient place à des coupe-ra-

cines qui seraient ainsi peu coûteux et faciles à manier.
Dès la récolte, les betteraves seraient transportées dans
les usines et hachées par ce moyen simple et économique.

D'autre part on transporterait les betteraves dans les
étuves, où elles seraient transformées en *cossettes* et pourraient ainsi être conservées indéfiniment.

Pour traiter les *cossettes* on les mouille dans des cuves
à vapeur et on obtient ainsi des jus plus ou moins con-
centrés. Ces jus mis en fermentation donnent une liqueur
alcoolique qu'on distille.

Comme ces alcools ont mauvais goût, il faut les rectifier,
ce qui est encore très-facile dans ce pays, car il existe deux
grandes usines à rectifier les alcools de garancine, et elles
trouveraient ainsi leur emploi.

Quant aux résidus on les utilise très-bien : la *pulpe*,
à nourrir le bétail, — cette alimentation est excel-
lente et très recherchée en Normandie, — les *vinasses*
peuvent encore être soumises à la fermentation pour la
distillerie.

Comme nos garances, génératrices d'alcool, ont donné
lieu à l'établissement dans nos usines de magnifiques dis-
tilleries et ont créé des relations commerciales très-im-
portantes sur les alcools, on voit que notre outillage garancier se prête en tous points à la fabrication de l'alcool
par la betterave, et cela sans danger, sans compromettre
l'industrie garancière qui serait reprise sans peine si le
problème était résolu par le temps contre l'alizarine en
faveur de la garance.

L'activité humaine doit suppléer à tout. Notre devoir
est de lutter ; se résigner est le signe de l'abattement et du
désespoir ; travaillons, cherchons, car la Providence ne
refuse jamais son secours à ceux qui savent lutter, travailler
et espérer.

M. de Ricard prend ensuite la parole et s'occupe de
la vigne.

L'honorable M. de Ricard voit dans la vigne le moyen de rétablir la fortune si compromise du département de Vaucluse.

Le Phylloxera est *cause* de la maladie de la vigne : il faut donc s'attaquer à lui directement. L'un des meilleurs remèdes est la *submersion* : on détruit ainsi l'insecte, *cause* de tout le mal. Ce procédé a donné les résultats les plus satisfaisants.

Le département de Vaucluse est sillonné de canaux d'arrosage et de cours d'eau : nulle part la submersion n'y est plus facile et par conséquent la culture de la vigne plus favorable.

La submersion prolongée, même pendant quarante jours, ne porte aucun tort à la vigne. Quant à la durée nécessaire, elle varie suivant la nature du sol, mais dans tous les cas, il faut que l'eau pénètre.

La submersion n'appauvrit pas le sol. On fume tous les ans avant de submerger : le fumier est ainsi dissous et parfaitement utilisé.

Tous ceux qui ont pu recourir à la submersion en ont constaté les résultats exceptionnels.

Pour en être convaincu il suffit d'aller visiter les beaux vignobles de M. Faucon, à Graveson, et de M. le Dr Seigle, à Forbareau, près le Thor. En 1868, le Phylloxera les avait envahis : aujourd'hui ces vignes si durement atteintes se sont relevées, sont vigoureuses et donnent d'abondantes récoltes.

L'Hérault est atteint dans l'arrondissement de Montpellier. Déjà le matériel des caves est transporté dans les arrondissements de Narbonne et de Béziers. Ces pays ne seront-ils pas bientôt envahis par le fléau ? Tout le fait craindre. C'est pourquoi il faut encourager les propriétaires de Vaucluse à planter et à submerger. Ils relèveront ainsi la fortune de leur département.

Th. GOUBET, *Secrétaire.*

Séance du Mardi 4 Mai 1875.

Prennent place au bureau M. Jonathan Valabrègue, président de la Chambre de Commerce d'Avignon, *Président* ; MM. le Marquis de L'Espine ; Gabriel Verdet ; de la Paillonne ; Th. Goubet, *Secrétaire*.

La parole est donnée à **M. Planchon,** professeur à la faculté des sciences et directeur de l'école de pharmacie de Montpellier.

Le savant professeur dit quelle est l'origine du phylloxera et traite des moyens de s'opposer à l'invasion de cet insecte, de diminuer son action et de le détruire.

Origine du Phylloxera.

Le phylloxera, qui détruit nos vignes, nous vient de l'Amérique.

Sa première apparition en France a été observée dans le Bordelais, les vents d'Ouest l'ont poussé dans notre région. Dans la vallée du Rhône il s'est manifesté dans un vignoble sis à Roquemaure (Gard), où le propriétaire avait importé les plants américains.

L'origine américaine est incontestable. La preuve en résulte de nombreuses observations, notamment de l'apparition de l'insecte en Allemagne à la suite de plantations de vignes venues directement de New-York : le fléau éclata de suite et se développa circulairement, tout autour des plants américains.

Même observation en Angleterre.

Les Anglais riches sont très-amateurs de plantes qu'ils entretiennent à grands frais dans des serres. Au nombre des variétés de vignes ainsi collectionnées se trouvaient des plants américains. En 1863 on remarqua la mortalité des vignes dans une serre contenant les plants américains et le mal y était si fort que le propriétaire dut, à cause des plaintes de ses voisins, détruire toutes les plantes et vignes de sa serre et en changer même la terre.

En Suisse, à Pregny, près Genève, dans les serres de M. de Rothschild, le même fait s'est reproduit. En Thurgovie, en 1868, le phylloxera fit son apparition à la suite d'importation de vignes d'Amérique, mais le mal a marché plus lentement en Suisse que chez nous.

L'origine américaine est donc bien établie. Mais sous quelle forme la vigne phylloxérée est-elle dangereuse ? l'importation du phylloxera a-t-elle lieu par sarment ou par vigne enracinée ? Le sarment est peu dangereux et des expériences faites en Allemagne semblent établir que le phylloxera a été importé par les vignes enracinées. D'ailleurs le phylloxera des serres anglaises provient de vignes en pot apportées d'Amérique.

Mais il faut mettre de côté l'idée que le phylloxera peut être importé avec les arbres fruitiers.

Comment lutter contre ce fléau ?

On a cru d'abord qu'il fallait procéder par l'arrachage des vignes atteintes.

Ce moyen est pratique dans un seul cas, celui où il est bien constant que l'insecte existe uniquement sur un point déterminé et qu'il n'en existe nulle part ailleurs : c'est-à-dire qu'il faut saisir le fléau au moment de son invasion. Il est presque impossible d'avoir cette certitude.

Divers procédés ont été expérimentés. Il faut citer comme ayant donné des résultats positifs la *submersion* et *l'ensablement*. M. Faucon et M. le docteur Seigle, ont dans ce pays usé avec succès de la submersion. Dans un rapport rédigé avec soin, MM. le marquis de L'Espine et Bédel, ont constaté l'utilité de l'ensablement et ont fait observer que le phylloxera agit plus ou moins facilement suivant la nature des terrains : dans les terrains sablonneux la marche est plus lente, dans les terrains argileux elle est foudroyante.

La submersion et l'ensablement sont à ce jour les remèdes les plus sérieux.

Il est question aujourd'hui d'insecticides et du sulfo-carbonate. M. Planchon espère que le sulfo-carbonate réalisera toutes les espérances qu'il donne, mais reste à rendre pratique l'emploi de cette matière, au point de vue économique.

Dans l'Hérault, on introduit les vignes américaines et on pense que ces vignes, acclimatées avec l'insecte, résisteront. Des expériences sérieuses sont poursuivies en ce moment, mais on ne peut prendre parti avant qu'elles n'aient été complètes.

Toutefois on ne doit introduire les plants américains que dans les pays déjà phylloxérés, car il y aurait danger (l'expérience Borty, à Roquemaure, l'a prouvé) d'infester les pays encore préservés du fléau.

Mais au prétexte de garantir un pays contre l'introduction du phylloxera, il ne faut pas aller jusqu'à interdire le transit des vignes étrangères. Qu'on prenne des précautions et tout danger disparaît : il suffit d'exiger une enveloppe en toile pour les sarments transportés. Le transit avec précaution est sans danger.

M. le marquis de l'Espine remercie M. Planchon de l'honneur qu'il a bien voulu nous faire en répondant à l'appel des agriculteurs de Vaucluse, d'autant que l'éminent professeur n'a pas hésité à interrompre une tournée scientifique pour nous faire part de ses idées. Depuis 1868, époque à laquelle il est venu observer les premiers ravages du phylloxera dans ce département, M. Planchon nous a accoutumés à compter sur sa bienveillance et sur son dévouement, et c'est un devoir que de l'en remercier hautement et publiquement. L'assemblée entière s'associe à l'honorable président de la Société d'Agriculture.

M. de la Paillonne fait part de ses expériences sur *l'Ensablement.*

Le Phylloxera a sévi dans l'arrondissement d'Orange d'une manière foudroyante : en trois mois les plus beaux vignobles avaient disparu. Mais on constata avec surprise l'immunité de quelques vignes voisines des routes et des torrents et exposées à la poussière, et d'autres vignes plantées dans un terrain très-sablonneux. Sous l'influence de ces observations, M. de la Paillonne conclut à l'idée de *l'ensablement*, développa ce système dans quelques réunions agricoles et par la publication de quelques articles. L'expérience lui a démontré qu'après la submersion, l'ensablement est le meilleur moyen de combattre le phylloxera.

Ce système consiste dans un procédé qui par son fonctionnement rapproche autant que possible des conditions des terrains sablonneux : on y arrive par l'obturation de la souche. Après de nombreux essais M. de la Paillonne s'est arrêté au procédé suivant.

Il cultive profondément la vigne après la récolte, en automne : les pluies d'automne et d'hiver, tombant sur la terre ainsi cultivée, délayent la partie argileuse qui est entraînée au fond de la couche cultivée et laissent ainsi à la couche supérieure du sol toutes les parties siliceuses. Dans une vigne ainsi traitée l'analyse a démontré en 1874 que la terre prise à la truelle à la surface a donné 65 à 70 % de sable tandis que celle prise au fond en donnait seulement 15 à 20 %.

Donc, immédiatement après la vendange, taille de la vigne en laissant les porteurs à 40 centimètres de longueur. Les feuilles ainsi enlevées offrent l'avantage de détruire les pucerons qui s'y fixent et qui plus tard viendraient s'introduire sur les racines. Après la taille, culture profonde, pendant l'année, cultures superficielles pour détruire les herbes et maintenir l'ameublissement du sol. Au col de la souche naissent des radicelles : elles présentent aux phylloxeras qui parviennent encore à s'introduire, une alimentation facile et succulente. L'insecte est ainsi arrêté à la surface et le fonctionnement des racines profondes est assuré, la vigne vit.

La taille est terminée au mois de mars ou d'avril.

On trouve encore dans ce système une garantie contre les gelées tardives. Pour utiliser ce procédé il faut un sol donnant à l'analyse un minimum de 20 % de matières siliceuses.

M. Espitalier communique, à l'appui du système de M. de la Paillonne, quelques résultats très intéressants.

M. Espitalier a vu ses vignes atteintes en 1870, depuis lors il les traite par le sable, et comme les vents emporteraient facilement le sable, il a soin de le recouvrir de fumier de ferme ou de balle de blé.

Le sable est un palliatif, non une guérison ; le phylloxera n'est pas détruit, mais on a trouvé avec lui un *modus vivendi*.

M. Espitalier cite plusieurs vignes atteintes et qui dépérissaient : aujourd'hui elles lui donnent, par l'ensablement joint au fumier et au guano, une moyenne de 150 hectolitres à l'hectare.

M. Delorme lit un rapport sur un essai fait en 1869.

Dans la basse Camargue, au quartier de Faraman, dans un jardin entouré de vastes pâturages et loin de toute vigne, M. Delorme a planté quelques pieds de vignes de diverses provenances. Ces vignes ayant atteint l'âge de quatre ans, M. Delorme en présence de M. le marquis de L'Espine, de M. Marès et de quelques propriétaires, le 13 juin 1872, a mis en contact les racines de quelques souches avec des phylloxeras. Plusieurs fois ces pieds de vigne ont été examinés par une Commission, notamment le 3 juillet 1873 et le 27 août 1874. Quelques rares phylloxeras ont été remarqués sur les racines directement infectées, les autres plants étaient sains. Le phylloxera n'est donc pas toujours pour la vigne une cause de mort ; mais comment expliquer cette innocuité ? C'est ce qu'une expérience plus longue et une étude attentive nous apprendront. Mais l'essai méritait d'être indiqué.

M. le baron de Serres de Monteil donne lecture d'un rapport sur l'état actuel de la viticulture dans le département de Vaucluse.

De 1868 à 1871 toute souche atteinte par le phylloxera était frappée de mort ; la maladie faisait des ravages subits et terribles ; aujourd'hui l'intensité diminue, la vigne semble moins éprouvée par le phylloxera et paraît devoir un peu vivre avec lui : les racines sont moins sensibles aux piqûres. Avec des soins, des labours profonds et des fumures, le mal perd beaucoup de sa violence.

Sur les terrains où la submersion est possible, les résultats de ce procédé sont magnifiques. Il suffit de citer, comme exemples, la terre de Forbarreau, où M. le docteur Seigle submerge avec succès ses vignes depuis 1869, et le vignoble du mas de Fabre que M. Faucon a su guérir et garder intact en submergeant.

Les terrains sablonneux résistent au phylloxera ; de là les procédés heureux d'ensablement.

Quant à l'importation dans nos terres des cépages américains, l'expérience nous dira si nous aurons à nous en féliciter, mais n'est-il pas à craindre plutôt que nous ayons à nous en repentir ?

M. Alex. Courtet fournit quelques observations intéressantes sur les vignes de M. le marquis de l'Espine sises sur le territoire de l'Isle et de Saumanes, sur la route de Vaucluse.

Toutes les vignes plantées par M. le marquis de l'Espine ont été détruites en 1870 par le phylloxera, à l'exception de celles qui étaient dans les terrains sablonneux et de celles qui ont été soumises à la submersion.

Les vignes plantées dans les terrains sablonneux datent de 16 ans : le phylloxera y a été constaté ; cependant, la vigne vit, donne des récoltes, bien que le fermier n'ait apporté à leur soin qu'une culture très-ordinaire et ne leur ait apporté aucune fumure. Ce qui démontre nettement que le sable est bien un obstacle pour l'insecte.

Les vignes submergées ont parfaitement résisté. Et, chose digne de remarque, toutes les vignes voisines qui ne sont ni submergées ni plantées dans un terrain sablonneux, ont été victimes du phylloxera.

Cette expérience devait être signalée, car elle vient fortement à l'appui des idées développées dans cette séance.

M. Lichtenstein, de Montpellier, donne quelques intéressants détails sur le phylloxera, ses habitudes et ses transformations.

Th. GOUBET, *Secrétaire.*

Séance du Mercredi 5 Mai 1875. — Soir.

Présidence de M. le Marquis de L'Espine, président de la Société d'Agriculture.

Autour du bureau prennent place, MM. Halna du Fretay; Jn. Valabrègue; Jh. Verdet; Fréd. Granier; Gab. Verdet; A. Julian; E. Cousin; Rougemont; docteur Sicard; de la Paillonne; G. Joubert, etc.; Fréd. Fabre, *Secrétaire.*

La séance est ouverte à 2 heures.

Conférence de M. H. Leenhardt, sur l'industrie garancière.

La question traitée par **M. H. Leenhardt**, avec autant de compétence que de talent, est, on le sait, de celles qui, dans nos contrées, préoccupent le plus les esprits en ce moment. Aussi, croyons-nous répondre à la pensée qui a présidé à l'organisation des conférences agricoles, en donnant à notre compte-rendu de cette séance des développements en rapport avec l'importance et l'actualité du sujet traité.

Avant d'entrer en matière, l'honorable conférencier dit qu'invité à se faire entendre dans cette enceinte, il n'a pu reculer, pareil au soldat qui répond à l'appel dans la mêlée en comptant moins sur sa valeur que sur son patriotisme.

Il est difficile, Messieurs, ajoute-t-il, de ne pas aborder notre sujet avec un certain sentiment de tristesse ; c'est presque, au premier abord, comme si on devait parler d'un bonheur qui n'est plus, d'une prospérité ensevelie ! On a comme la secrète angoisse d'un ébranlement qui va nous ravir quelque chose, et il semble qu'on ne peut plus, sans mélange, s'abandonner aux douces impressions qu'excite la vue de nos riches campagnes, quand on les contemple du haut de notre admirable rocher, à côté de cette statue d'Althen, témoin durable de la reconnaissance de nos populations.

La confiance dans notre prospérité par la garance était entière ! Nous avions revu naguère le prix de 60 fr. les 50 kilog. pour la racine, qu'on ne croyait plus susceptible de pareille hausse ! On se remettait à faire de la garance dans les terres où la vigne, un moment, avait paru vouloir lui disputer la place.

Il semblait permis d'en induire que nous serions moins ébranlés par le nouveau fléau que ne le seraient d'autres contrées. Et c'est au milieu de ce redoublement de confiance que se répandirent rapidement les premières alarmes sur la concurrence de l'alizarine artificielle.

Depuis lors, en si peu de temps, quelle rapide aggravation de ces alarmes ! De fr. 35, comme valeur du kilog., ce nouveau produit est promptement tombé à 9 ou 10 fr. avec la menace d'un nouvel abaissement. Aujourd'hui, comme dès le début, c'est, *pour les uns*, l'avenir de la garance tout à fait ébranlé, perdu ; *pour d'autres*, ce n'est qu'une crise sérieuse dont il n'est pas encore aisé de prévoir le dénouement définitif.

Pour tous, heureusement, le sentiment du danger général n'a fait que resserrer le lien des besoins communs; c'est ce sentiment qui a donné lieu à l'organisation de la Commission mixte dont il vous a déjà été parlé. N'ayons donc garde d'oublier en passant que nous devons, en tout cas, à l'*alizarine artificielle*, une des sources les plus fécondes, peut-être, de notre action future.

Elle aura resserré spontanément les rangs entre les agriculteurs et les industriels, et complètement démodé le préjugé par trop répandu dans nos campagnes que l'industrie et l'agriculture sont des *sœurs ennemies*.

Désormais nous nous avancerons, la main dans la main, agriculteurs et industriels, pour des conquêtes communes, et nous sommes dès maintenant à l'œuvre !

Mais quelles difficultés ! Le problème est-il agricole ? est-il industriel ?

La vérité n'est-elle pas qu'il tient de ces deux domaines ? Donc, à l'œuvre pour s'en rendre compte en nous prêtant un mutuel appui !

La production de l'alizarine artificielle s'est rapidement développée en peu d'années.

Du prix de 35 fr. le kilog. au début, sa valeur s'est promptement réduite de 9 fr. à 8 fr. 50 le kilog.

Quelques producteurs croient pouvoir faire entrevoir la possibilité d'une nouvelle baisse des prix ; mais d'autres, et surtout certains consommateurs plus réservés dans l'appréciation, paraissent croire à un temps d'arrêt plus ou moins long dans les prix actuels.

Il est en effet très-difficile encore de se rendre compte exactement du résultat financier de ces prix, pour les producteurs.

Offrent-ils de la perte ou du bénéfice ? Il y a déjà des fabriques qui n'ont pu continuer après de récents débuts. Il y en a d'autres qui paraissent chargées de marchandises inférieures, mal réussies.

La fabrication demeure difficile. On ne voit guère qu'un ou deux des producteurs atteignant aux qualités non contestées ; aussi bien, avec une abondance relative du produit, paraît-il difficile de se voir livrer sans retards ou attermoiements.

Est-il naturel d'admettre dans cette situation que l'abaissement rapide du prix de l'alizarine artificielle soit dû exclusivement à la rapidité des améliorations dans les procédés de fabrication ?

N'y a-t-il pas beaucoup plus de raisons de croire que l'alizarine artificielle, malgré la faveur de la nouveauté, n'a pu se soustraire entièrement à la concurrence de la garance, et qu'il faut encore, malgré tout, compter avec cette énergique rivale ?

S'il en est ainsi, *quelle sera la durée de la lutte ?*

S'il faut perdre, qui pourra *perdre le plus longtemps,* jusqu'au retour d'un certain équilibre ou du triomphe ?

Ce sont là des questions qui s'imposent, et c'est un essai pour les résoudre qui devra donner, si je ne me trompe, le plus d'intérêt à mes paroles.

Avec le prix de vente de **8,50** pour l'alizarine artificielle, il faut pouvoir donner la belle garancine forte à **2,75** à Elberfeld.

Ce sont des termes que je prends, parce qu'ils empruntent l'autorité de la chose jugée aux déclarations d'un des consommateurs de ce pays dont les appréciations ont le plus de retentissement dans l'industrie de la teinture. Or, 2,75 à Elberfeld représente à peu près le prix de 2,45 ici, et pour faire de la garancine forte à 2,45, il faudrait avoir des paluds à 25 fr. les 50 kilog. environ. Notre avenir semble donc se résumer à peu près dans cette question :

Pouvons-nous produire, sans perte, des Paluds à 25 fr., ce qui réglerait d'ailleurs en proportion le cours des autres qualités, indigènes ou exotiques, employées à Avignon ?

De 1813 à 1830 le prix de 25 fr. et même au-dessous, pour les Paluds, se produisit plusieurs fois. Cette circonstance n'arrêta pas le développement de la production, car, alors qu'on la chiffrait par 10,000 quintaux de 50 kil. environ, en 1813 ; elle était déjà estimée de 25 à 30,000 quintaux, en 1830.

A priori donc, on doit pouvoir admettre que dans la période actuelle, pas plus que durant celle que nous citons, il n'y aurait lieu de regarder ce prix de 25 fr., comme la limite du désespoir, la fin de la production !

Le calcul des prix de revient pour la culture confirme au reste cette appréciation, comme nous chercherons à le démontrer ci-après.

En rapprochant ce prix de 25 fr. du prix moyen des trente à quarante dernières années, qui a été de 39 à 40 fr. les 50 kilog., on comprend d'ailleurs le découragement qu'il provoque à première vue, mais, si on pénètre plus avant dans la question, on ne tarde pas à revenir notablement de cette première impression.

Et d'abord, la moyenne des prix a pu être de 39 à 40 fr. sans qu'elle indiquât le prix de revient de la culture. Celle-ci a profité largement, et c'était son droit, d'un excédant notable existant entre le prix de vente et son prix de revient.

C'est le rapport de l'offre et de la demande qui a déterminé le prix moyen, tandis que le prix de revient à la culture reste l'affaire du cultivateur.

Dès que de 1813 à 1830, avec le prix commun de 31-32, le développement de la production s'accentuait progressivement, on comprend aisément, combien, à mesure de l'élévation moyenne des prix, cette même production augmentait plus rapidement encore.

Aussi bien, on n'eut plus la même réserve dans le choix des terres mises en culture de la garance; on ne redouta plus d'en faire sur des terrains, qu'au début, avec des prix de vente moins élevés, on n'aurait pas eu un moment la pensée de consacrer à la garance, et il ne faut pas s'étonner par suite, que peu à peu, la notion des premiers calculs qui avaient dû faire adopter la culture de la garance, à côté de celles déjà usitées, se soit effacée ou obscurcie.

En effet, en étendant la culture de la garance à des terres peu susceptibles de la produire avec économie, on pouvait et on peut encore justifier dans une certaine mesure

les impossibilités du producteur avec la baisse des prix de
ces dernières années et parler de perte à la production,
dès que les prix ne dépassaient pas de 34 à 35 fr.

Mais il y a lieu de jeter un regard en arrière avant de
désespérer. Il doit être possible de remonter aux sources
d'appréciations qu'eurent nos devanciers quand ils intro-
duisirent la garance dans leurs assolements, sans pouvoir
compter avec les hauts prix que le commerce et la spéculation amenèrent plus tard. Nous sommes précisément
aux plus belles années de la vie productive et puissante
d'un des plus illustres de nos compatriotes. Une question
comme celle de la garance aurait-elle échappé aux savan-
tes et pratiques recherches de M. le comte de Gasparin?
Certes non! et ses travaux vont, en effet, nous fournir avec
la plus haute autorité que nous puissions invoquer, les
appréciations les plus complètes et les plus éclairées.

M. Leenhardt démontre ensuite, d'après M. de Gasparin,
que le prix de revient de la garance varie dans des pro-
portions majeures, suivant que la culture a lieu, ou non,
dans des terres de qualité plus ou moins appropriée et
surtout de ténacité différente; que, par suite, produire la
garance au plus bas prix n'est pas une question d'engrais,
ainsi que nous l'entendons trop souvent soutenir par
erreur, mais avant tout une question de choix dans les
sols à affecter à cette culture.

Il continue ainsi :

A côté du choix des terres les mieux appropriées pour
obtenir le plus bas prix de production, il y a encore d'autres
facteurs de la production économique auxquels nous
devons d'autant plus nous arrêter, que ce sont ceux qui
semblent devoir être les plus influencés par les progrès
industriels et agricoles de tous les jours.

Si on jette un coup d'œil sur le compte détaillé des frais
qu'expose M. de Gasparin pour arriver au prix de revient
de 24 fr. 34 dans une terre paluds, cultivée à bras, on
s'étonne du rôle numérique que prend le coût des engrais
dans ce décompte.

Sur 1016 francs de dépense, avancés la première année, pour la culture d'un hectare en bonne terre palud, c'est 572 fr. qui incombent au coût des engrais !

Qu'on apporte quelque atténuation à ce chiffre, par des moyens nouveaux que la science ne cesse de mettre à notre portée, le prix de revient sera influencé d'une manière extrémement notable.

C'est à ce point que si, par une hypothèse qui ne nous paraît pas inadmissible, vous arrivez successivement, en profitant de tous les progrès, à réduire votre coût du fumier de moitié, ou à mettre moitié moins d'un fumier qui serait le double plus riche, et que vous fassiez en même temps bénéficier votre compte d'une réduction de l'intérêt établi par M. de Gasparin à 10%, tandis que nous croyons pouvoir le porter à 5% seulement, vous obteriez un revient de culture dans une terre palud, cultivée à bras, de *19, 02*, là où vous venez de le voir ressortir à 24 fr. 25.

Notre but serait donc atteint, poursuit-il, nous établirions que la lutte contre l'alizarine artificielle n'est pas impossible, et qu'il ne suffit que des améliorations de culture que nous facilitent les progrès de tous les jours, pour produire la racine, base première de nos transformations industrielles, à des prix permettant la concurrence *au moins* aux prix actuels de l'alizarine artificielle.

Ce résultat ne demande aucun sacrifice du cultivateur. Il reste libre comme auparavant d'affecter ses terres à tout autre culture que la garance, en tant que ces cultures lui rapporteront davantage. Nous sommes tout prêts, dit M. Léenhardt, à lui acheter ses betteraves pour les transformer en alcool, quand il sera prouvé qu'un avantage s'y trouvera.

Mais nous lui dirons, au propriétaire : Les motifs qui depuis l'introduction de la garance vous ont fait préférer cette culture à beaucoup d'autres, ne sont pas effacés ou anéantis par la lutte de l'alizarine artificielle, car même aux prix actuels, et avec tout le discernement nécessaire dans l'application de cette culture, vous vous trouverez dans des conditions qui ont existé et qui ont permis la prospérité de vos auteurs et le développement de la culture de préférence à d'autres et à celle du blé notamment.

Quand on se préoccupe des éléments de résistance à la concurrence de l'artificielle qu'offre la culture de la garance, même avec de bas prix, on n'attache peut-être pas assez d'importance au rôle qu'a pris cette culture chez tous nos fermiers. En traitant de la culture à ce point de vue, M. de Gasparin avait bien mesuré tout son avenir.

« Avant elle, — disait-il — la cause principale du manque de prospérité chez les fermiers était le non-emploi utile d'une grande partie de leur temps. — D'août en octobre et de novembre en mars, le métayer n'était occupé que d'ouvrages secondaires ; la culture de la garance est venue remplir ces intervalles d'oisiveté. Elle est donc devenue pour eux *une source de vrais bénéfices, à quelque prix que cette racine puisse se vendre, puisqu'elle leur paie un prix quelconque un temps qui n'en avait aucun pour eux !* »

C'est ainsi que j'entendais dernièrement un habitant de la campagne confirmer, sans s'en douter, cette appréciation de l'illustre maître, quand il me disait, avec un air de franche résolution : « Pour moi, je sème encore des garances, car, même aux prix de 21 à 22 fr., j'y trouve mon compte. »

Et le voici : J'ai par éminée, de 600 m. :

Pour loyer de la terre.	10 fr. — 3 ans,	30
Pour préparation du sol.	—	10
3 mètres cubes d'engrais. . . .	—	20
15 journées d'arrachage (souvent 12 seulement).	—	30
Total.		90

Pour obtenir 4 quintaux de 50 kil. qui, à 22 fr., font 88 f., il me reste *le gras* de la terre, que j'estime à 6 fr. par éminée, et j'ai fait ressortir mes journées de travail à 2 fr.

Ce petit compte est d'ailleurs assez d'accord avec celui qu'établissait M. de Gasparin pour faire ressortir le prix de

revient de la culture faite par des métayers dans une terre
de 6 k. 70 de ténacité, puisqu'il arrivait au prix de revient
de 21,07 ¹/₂ sans tenir compte du fourrage, ni de la graine.

Ainsi donc, soit par la grande culture faite dans les
terres les mieux appropriées à la garance, soit par la
petite culture faite dans les terres de moyenne ténacité,
nous avons toute raison de croire que les bas prix actuels
de la garance n'arrêteront pas très sensiblement la production d'une manière durable.

Nous pourrons donc, ce semble, soutenir la lutte contre
l'alizarine artificielle, en admettant que le prix de ce
produit reste ce qu'il est aujourd'hui, et, soit pour nous
préparer à perpétuer la lutte et à en sortir vainqueurs,
dans le cas où l'artificielle pourrait encore abaisser ses
prix, soit pour accroître la somme de nos avantages de
production, même alors que les prix de l'artificielle auraient déjà atteint leur cours le plus abaissé, recherchons
les améliorations à notre portée dans les éléments qui
constituent nos facteurs de production.

Nous avons vu la part énorme des engrais dans ces facteurs. Ce serait donc contribuer le plus rapidement et le
plus puissamment à l'abaissement du prix de revient de la
culture, que d'influer sur la masse et le coût des engrais
disponibles.

Dans la conversion de la garance en garancine, on ne
reprend sur les quantités que l'on a traitées que 35 à 40%
de garancine et 7 à 10% d'alcool.

Il y a donc moitié du poids de la garance mise en traitement qui est entraîné et généralement perdu.

En admettant que la totalité de cette perte ne puisse se
retrouver à cause des fermentations et des évaporations
qui ont lieu pendant le traitement, toujours est-il que de
30 à 35 % devraient pouvoir se ressaisir. Il ne s'agirait pas,
Messieurs, d'une quantité insignifiante, car, en calculant
sur une récolte moyenne de 500,000 quintaux et sur une
importation de 10,000 balles de Naples, comme aussi sur
la conversion en garancine de la totalité de ces quantités,

c'est un poids total en poudre de garance de 24 millions de kilogrammes environ, dont les 35 centièmes ne donneraient pas moins de 8,400,000 kilog. à rendre à l'agriculture comme matière fertilisante.

En associant ces matières à des détritus végétaux, ce qui aiderait peut-être d'ailleurs aux moyens économiques de les recueillir, il est permis d'admettre que l'on constituerait un mélange assez semblable à la plupart des fumiers que nous voyons affecter aux terres à garances. On pourrait d'ailleurs enrichir la valeur de ce mélange par l'addition des sels que l'analyse indiquerait leur manquer, comme dans la composition de tous autres engrais, mais à ne compter les 8,400,000 kilog. énumérés ci-dessus, que pour une part de matières organiques ou minérales équivalente à celle des 25 % dans tout fumier d'étable, associée à 75 % de détritus végétaux ou d'eau, ce serait une masse de 30 à 35 millions de kilog. d'engrais surgissant tout-à-coup à côté de nos sources ordinaires de ce produit.

M. de Gasparin a établi qu'il faut dans un sol poreux 13 quintaux d'engrais pour produire un quintal de garance après 3 ans, et dans les sols argileux davantage encore. Recueillir les matières perdues dans la fabrication de la garancine serait donc fournir à la production de cinquante mille quintaux ou à un abaissement sensible, si ce n'est proportionnel, du prix commun des engrais requis pour la garance. — Resterait donc pour l'industrie à se mettre en mesure de ressaisir tous ces produits perdus et généralement abandonnés aux eaux de macération ou de lavage des garancines. L'hygiène, de son côté, commande également de les recueillir, afin d'éviter les éléments insalubres qu'ils apportent dans nos rivières et canaux.

Le problème n'est compliqué évidemment que parce qu'il s'agit de grandes quantités à manipuler.

Nous avons généralement dans nos usines assez de force motrice disponible pour établir quelques pompes supplémentaires, capables d'absorber le volume d'eau représenté par nos vinasses et nos eaux de lavage ; recueillons donc ces eaux dans des bassins, au lieu de les jeter dans les sorgues et élevons-les au-dessus de grands monceaux de paille ou de sorgho-balais, par exemple, que nous pouvons nous procurer à peu de frais, de manière à faire absorber et évaporer simultanément ces eaux par cette masse exposée aux ardeurs du climat. J'ai pour mon compte déjà tenté ce système et j'espère d'ici à quelques mois, pouvoir rendre compte des résultats obtenus.

Il est question en agriculture depuis quelque temps des avantages que présentent les minerais des schistes grillés comme amendement salutaire de terres de diverses natures. Nous sommes à portée par le chemin de fer de la Durance des schistes des environs de Forcalquier ou de Manosque. Nous pourrons recevoir ces schistes à peu de frais, les pulvériser dans nos usines et leur verser pour les enrichir, nos eaux de lavage et nos vinasses.

Les eaux de lavage sont aptes à nous permettre préalablement le traitement économique des phosphates naturels, dont notre vallée du Rhône se montre déjà riche, dès Pierrelatte.

Mettons-nous à l'œuvre pour ces diverses applications d'un outillage apte à recueillir et à transformer nos abondants résidus et nous n'aurons pas promis en vain à nos amis de l'agriculture de marcher avec eux, nous appuyant les uns sur les autres dans un but commun.

C'est, à notre sens, par ce côté de l'utilisation de nos résidus aujourd'hui perdus, que notre industrie pourra le plus rapidement et le plus sûrement venir en aide à l'agriculture.

La concurrence nous forçant aujourd'hui à rechercher toutes les améliorations possibles de nos procédés, certainement nous en réaliserons.

Bien que ce ne soit ici, ni le lieu ni le moment d'entrer à cet égard dans les développements que ce sujet comporterait, qu'il me soit permis de les effleurer.

Nos procédés de fabrication sont trop lents! Ils entrainent des déchets de poids importants que nous devons arriver à éviter.

Nous savons que la racine perd généralement, en raison du temps qu'elle passe en magasin, tandis que les poudres qui en proviennent gagnent à ce séjour.

Nous avons donc dès maintenant à nous enquérir des procédés de meilleure utilisation de nos forces motrices pour pouvoir, avec la même force, réduire plus instantanément en poudre les racines qui nous sont apportées de la campagne. Cela s'obtiendra certainement, car il y a aujourd'hui des outils de pulvérisation qui, appliqués à la racine, permettront avec la même force un travail plus important et plus prompt qu'avec les meules.

Le jour où nous pourrons réduire les racines destinées à la fabrication de la garancine, en parties assez tenues, sans les faire passer par l'étuve à dessécher, nous aurons encore évité certainement une cause de pertes sensibles. Or, c'est un résultat que nous atteindrons certainement dès que nos efforts s'y appliqueront, car les outils ne sont pas même à créer, il n'y a que le choix à en faire, en se tenant au courant de ce qui se produit comme outillage.

La voie dans laquelle paraît entrer l'industrie avec la fabrication des extraits aidera sans doute beaucoup aux procédés de manipulation qui supprimeront le recours aux dessications et aux étuvages, sources de pertes sensibles.

Les progrès sont lents le plus souvent en industrie, parce qu'on ne veut pas lâcher la proie pour l'ombre, et abandonner un système de faire qu'on connaît pour des améliorations qu'au début on regarde le plus souvent avec une méfiance parfois justifiée ; mais lorsque nécessité fait loi par l'aiguillon de la concurrence, il n'y a pas à se mettre en peine des progrès nécessaires : ils se réalisent *forcément !*

M. Leenhardt conclut en ces termes :

« Nous espérons vous avoir montré que nous ne manquons pas d'éléments pour la lutte. Qu'il s'y joigne bientôt pour nous un de ces sanctuaires officiels de la science que

vous avez entendu solliciter par des voix plus autorisées
que la mienne, une *Station Agronomique*, où la valeur de
toutes nos matières pour la production pourra être scru-
puleusement et méthodiquement reconnue, constatée ; et
convaincus que la science n'a pas de partialité spéciale
pour l'*artificielle*, qu'elle donne ses faveurs à qui la presse,
sous notre beau ciel, aussi bien que dans les régions où elle
fit surgir l'anthracène, secouons les craintes de tristesses
anticipées auxquelles nous faisions allusion en commen-
çant et demandons à la riche nature qui nous seconde et
nous entoure, un laboratoire certainement plus vaste et
plus inépuisable, Messieurs, que celui de l'*anthracène*.
Demandons-lui des forces nouvelles, des produits plus
abondants, qu'elle ne refuse jamais au labeur persévérant
et éclairé !

« Le triomphe est à ce prix, il ne peut nous faire défaut ! »

M. Reeh, placé à la tête de vastes propriétés en
Camargue, ne paraît pas partager l'opinion qui vient d'être
émise par M. Léenhardt, qu'on peut produire, sans perte,
à 25 fr. les garances de premier choix, du moins dans les
Bouches-du-Rhône. Il dit que, d'après sa propre expérience, le prix de revient de 25 fr. les 50 kilog. constitue
pour le cultivateur une perte qui n'est pas moindre de
250 à 300 fr. par hectare. Malgré cette perte, on continue
à cultiver la garance dans l'arrondissement d'Arles, espé-
rant la cessation de la crise. Toutefois, il ne faut pas se
faire illusion, dit-il, car il est impossible d'exploiter longtemps dans des conditions pareilles. Il a abandonné la
culture de la garance en sillons et réalisé ainsi une notable
économie de main-d'œuvre. Semée sans sillons, la garance
n'a rien à craindre des gelées, la surface exposée aux
influences climatériques étant plus restreinte. Quant à
l'augmentation de rendement, il l'obtient par deux moyens :
1° les engrais chimiques, 2° un emploi plus rationnel des
fanes de la garance comme fourrage. Il fait, depuis deux

ans, deux coupes de fane. Chaque hectare lui a produit 6000 kil. de fourrage.

A M. Rech succède **M. Boyer**, délégué de la Société d'Agriculture du Gard.

Cette Société, dit-il, n'a pu voir sans en être émue le triste aspect que présentent les coteaux de l'arrondissement de Nîmes, depuis l'invasion du phylloxera. Sur une étendue d'environ 70,000 hectares, des terres autrefois couvertes de pampres verdoyants, présentent tous les caractères de la plus désolante stérilité.

La végétation semble avoir fui pour jamais ces terrains déshérités.

Après divers tâtonnements, diverses hésitations, pour tâcher de l'y ramener, on est enfin arrivé à trouver une plante utile, appropriée à leur nature. Cette plante, c'est le *Topinambour*.

Depuis 2 ans qu'on le cultive avec succès, sur une étendue de 25 à 30 hectares, il a résisté aux chaleurs torrides et aux froids intenses, sans exiger de grands soins.

M. Boyer fait part de ses essais personnels pour la production d'alcool. Chaque hectare peut en produire 12 litres, ce qui porte le revenu de l'hectare à fr. 600, les frais de culture se réduisant à peu de chose.

Loin d'épuiser le sol, le topinambour l'améliore. Tout est profit en lui, car outre l'alcool qu'on en retire, il y a la pulpe et la fane qui servent à l'engraissement du bétail et à la production du fumier.

Il serait à désirer, dit en finissant son improvisation M. le délégué du Gard, qu'il fût fait dans Vaucluse des essais analogues à ceux qui se poursuivent dans les environs de Nîmes, partout où l'on a arraché les vignes.

M. Leenhardt répond qu'on n'a pas attendu jusqu'à ce jour pour expérimenter, dans nos pays, la culture de

cette solanée. Un des principaux propriétaires de Cour-
thézon, M. Dussaud, l'a essayée dans ses garrigues.

M. Léenhardt croit savoir que cet essai a laissé à désirer.
Quoi qu'il en soit, comme l'insuccès peut provenir de
circonstances toutes locales, il pense qu'on doit répéter les
essais sur d'autres points.

Après avoir chaleureusement remercié les divers ora-
teurs qui se sont succédé, **M. le président** lève la
séance.

FRÉD. FABRE, Secrétaire.

Séance du Jeudi 6 Mai 1875. — Matin.

Prennent place au bureau, M. Cousin, vice-président de
la Chambre de Commerce, *Président ;* MM. le Marquis de
L'Espine ; J. Valabrègue ; Gabriel Verdet ; Th. Goubet,
Secrétaire.

M. Paul, *chef de division à la Préfecture de Vaucluse,*
fait une conférence sur les irrigations et les canaux de
l'arrondissement d'Avignon.

Notre pays est l'un de ceux où les irrigations sont les
plus anciennes : ainsi le canal St-Julien date de 1171, et le
canal de la Durançole remonte au milieu du treizième
siècle.

Les eaux de la Durance sont les plus riches en matières
fertilisantes. L'arrondissement d'Avignon est irrigué par
les eaux de la Durance au moyen des canaux St-Julien,
Grillon, Puy, Durançole, Cabedan, Plan oriental et L'Isle.
Ces trois derniers ont une prise commune qui les dessert
et porte l'eau au canal de Carpentras.

3

Les canaux de la Durançole, Puy et Crillon ont des concessions qui permettraient d'arroser 5 ou 6000 hectares, et cependant on compte à peine 2500 hectares arrosés par ces trois canaux.

M. Paul pense que l'ingérence de l'administration dans les questions d'arrosage n'est pas étrangère à cette mauvaise distribution des eaux. Les intéressés devraient choisir librement leurs mandataires, leurs syndics, et cette mesure aurait pour résultat de mieux utiliser les concessions et de débarrasser l'autorité administrative des ennuis que ce soin lui donne chaque jour.

Le canal Crillon peut être cité comme une victime de l'ingérence administrative. Depuis 1860, on lui a imposé un syndicat chargé de veiller à l'alimentation des prises et à la distribution des eaux. On a cru améliorer ainsi la situation des arrosants qui se plaignaient très justement de la négligence apportée par la compagnie propriétaire à l'entretien des prises : mais en fait on leur a créé un obstacle nouveau, car celui qui manque d'eau est renvoyé du canal au syndicat, du syndicat au canal. Des difficultés judiciaires se sont élevées très nombreuses, et en somme le syndicat n'a d'autre résultat que d'augmenter le prix de l'arrosage pour parer aux frais de procédure et d'administration.

Il eût été si facile d'atteindre le but, sans avoir cette entrave ! Il suffisait à l'administration de mettre la compagnie propriétaire du canal Crillon en demeure d'exécuter rigoureusement ses obligations, et à défaut par elle de s'y soumettre, d'agir et de révoquer la concession.

On doit, en matière de canaux, introduire des réformes et réaliser des améliorations.

Ainsi, quand il s'agit de créer un canal, il est sage de présenter le prix de revient, d'étudier très sérieusement les dépenses, afin que le souscripteur sache nettement à quoi il s'oblige et ne se plaigne pas plus tard des obligations qui lui sont imposées.

On tend aujourd'hui à trop multiplier les prises en Du-

rance, au détriment de celles qui ont été déjà régulièrement concédées. Ainsi le jaugeage officiel constate qu'à un
point donné la Durance a 82 mètres cubes pendant l'étiage et peut descendre à 72 — et cependant on a concédé
des prises pour 82 mètres cubes, alors qu'on aurait dû
s'arrêter au chiffre de 72.

Quelquefois aussi les concessions sont données légère-
ment. On peut citer comme exemple le décret qui autorise
une concession pour le colmatage et le dessèchement des
marais de Fosse. Lors de l'enquête qui a précédé ce décret,
ceux qui sollicitaient une concession produisirent des
plans indiquant les prises existantes ; or, ces plans, par
un hasard étrange, ne mentionnaient pas même la prise
qui alimente les canaux si importants de L'Isle, Carpentras,
Cabedan et Plan oriental. C'est ainsi que le décret de
concession est, en quelque sorte, dû à une surprise, et
d'ailleurs, en fait, cette concession restera lettre morte,
d'abord à cause des difficultés résultant des droits acquis,
ensuite parce que le colmatage n'est possible qu'avec
l'arrosage, et nul ne peut prétendre à la possibilité d'arroser les vastes plaines de la Crau qu'on veut colmater.

Admettant la réalisation de cette concession, on ne peut
y donner suite que par son alimentation suivant déversoir,
c'est-à-dire quand tous les intéressés sont desservis. En
faisant ce calcul, on sera convaincu de la vérité du rapport
fait après l'enquête, qui déclarait le projet irréalisable et
concluait au rejet.

On pourrait très utilement modifier plusieurs de nos
canaux. Ainsi la Durançole, Puy, Crillon, ont chacun leur
prise. Les travaux en rivière pour amener les eaux aux
prises sont très coûteux et constituent la dépense la plus
lourde, à cause des variations incessantes du cours de la
Durance. Dès lors, une prise unique constituerait une
économie, serait plus sûrement et plus abondamment
pourvue, et l'irrigation serait donnée à un plus grand
nombre d'hectares.

Le gouvernement accorde des subventions aux canaux ; mais la proportion des secours varie ; ainsi le département des Bouches-du-Rhône obtient un tiers du montant des dépenses, tandis que Vaucluse reçoit un septième. Ces différences doivent être signalées, surtout dans ce temps de crise que traverse notre malheureux département ; l'occasion n'a jamais été plus favorable pour demander ces justes secours qui doivent nous aider à supporter la gêne et à transformer peut-être nos cultures.

M. l'ingénieur Dumont est l'auteur du projet d'un grand canal qui serait alimenté par les eaux du Rhône. C'est une grande idée dont la réalisation apporterait la richesse dans les territoires traversés. Mais il faudrait éviter, dans la création et l'administration de ce canal, un grave inconvénient. Le projet porte une redevance fixe par hectare et de plus une redevance annuelle et variable pour frais d'entretien, de telle sorte qu'après la construction, les arrosants seraient syndiqués pour l'entretien. Cette double redevance devrait faire place à une somme unique, qui, d'avance déterminée, permettrait aux intéressés de peser exactement les charges et aurait pour conséquence d'augmenter le nombre des souscripteurs.

Un ingénieur distingué, M. Auriol, a fait des études très intéressantes sur le moyen d'augmenter le volume des eaux d'arrosages de la Durance et de les mieux utiliser. Il propose d'établir dans les montagnes des barrages, de recueillir les eaux torrentielles dans des bassins, et de pourvoir ainsi par ces grands réservoirs à l'alimentation constante en temps d'étiage.

Ces études méritent d'être encouragées, et nous devons provoquer l'attention de l'administration sur ce point, car tout ce qui touche aux irrigations doit être l'objet d'une constante sollicitude : il n'y a pas de meilleur moyen de favoriser l'agriculture.

M. Masselin, attaché à la direction du canal de Carpentras, succède à M. Paul et traite la double question des engrais et des irrigations.

Les engrais et l'eau sont la base de la prospérité agricole. L'eau est une richesse inappréciable pour le cultivateur, non-seulement parce qu'elle rentre chimiquement, par sa composition, dans le système organique, mais parce qu'elle contient toujours en dissolution des matières étrangères qui servent d'engrais aux plantes. L'eau dépose ces matières, ou bien elle les rend assimilables aux plantes.

M. Masselin énumère les canaux d'irrigation alimentés par la Durance sur les deux rives de cette rivière et donne sur chacun d'eux un aperçu très-intéressant.

Attaché à la construction et à la direction du canal de Carpentras depuis 1853, il nous entretient plus spécialement de cette grande entreprise dont les études commencées en 1762 par M. Brun, continuées en 1825 par M. Livache du Plan, n'ont été mises à exécution qu'en 1854.

Le canal de Carpentras reçoit six mètres cubes d'eau par seconde ; son périmètre arrosable est de 16,000 hectares de terres arables ou garrigues. Cette superficie peut être ainsi décomposée :

Garrigues ou terrains assimilés . . 6 450 hectares.
Terres arables . . . . 10 159   »

Total . . . 16 609   »

Des propriétaires ont souscrit pour 5,500 hectares, à raison de 555 francs par hectare pour frais de premier établissement.

La dépense en travaux et en indemnités de terrains, s'élève à 3,073,780 fr. non compris les frais généraux et le service des emprunts qui s'élèvent à 800,000 fr. environ.

Les filioles d'arrosage ont un développement de près de 400 kilomètres.

Les eaux du canal sont dérivées de la Durance au moyen d'une prise construite sur la rive droite de cette rivière sous les rochers de Mérindol. Elles empruntent les canaux de Cabedan-neuf et de L'Isle sur une longueur de 24 kilo-

mètres. De la Tour de Sabran, où commence le canal de
Carpentras proprement dit, à la rivière de l'Aigues où il
finit, la distance est de 65 kilomètres — total 89 kilomètres.
Onze communes sont desservies par le canal : Sauma-
nes, L'Isle, Velleron, Pernes, Monteux, Carpentras, Loriol,
Aubignan, Beaumes, Sarrians et Jonquières.

Ce canal a donné à la culture de vastes terrains abandonnés qu'on appelle *Garrigues.* Ces terrains étaient sté-
riles, brûlés par le soleil ; le thym seul y croissait, leur
valeur vénale était presque nulle et variait entre 325 fr.
et 900 fr. l'hectare. Aujourd'hui ils sont, en grande partie, transformés en prairies naturelles et artificielles,
l'hectare vaut au moins 4000 fr., et ce prix tend à augmenter chaque jour.

M. Masselin expose les résultats en produits des terres
cultivées à l'aide des arrosages de Durance ; à titre d'exemple, nous devons remarquer que la récolte moyenne des
pommes de terre, dans la commune de Pertuis, est de
19,500 kil. dont le prix moyen est 10 fr. par cent kilog. Le
rendement net d'un hectare serait donc avec cette récolte
de 1950 fr.

Le périmètre arrosable du canal de Carpentras est de
16,609 hect. dont 6,450 en *garrigues* et 10,159 en terres
arables.

2600 hectares sont directement arrosés. Cette superficie
se décompose ainsi : 1,364 hect. garrigues, 1,236 hectares
terres arables.

M. Niel, *ingénieur civil,* à Avignon, communique une
note relative aux canaux Crillon, Puy, et de la Durançole.

Notre agriculture est atteinte dans les produits qui
étaient la source de notre richesse. Il faut utiliser les eaux
pour la culture maraîchère et encourager dans les plaines
d'Avignon cette culture qui donne des résultats très-avan-
tageux, supérieurs même à ceux de toutes autres cultures.
Dans ce but, M. Niel nous trace l'historique de ces trois

canaux, fait observer que le canal Puy arrose à peine aujourd'hui 60 hectares et devrait être mieux utilisé. La Durançole et le canal Crillon ne prospèrent pas, ne donnent à leurs propriétaires que des revenus insignifiants et ne rendent pas à l'agriculture tous les services qu'on était en droit d'attendre.

Pour y remédier, M. Niel propose la réunion de ces trois canaux, l'établissement d'une prise unique. Ce sont les frais d'alimentation des prises qui absorbent tous les revenus de ces canaux, entravent toute amélioration et empêchent toute réforme. Le jour où l'association existera, où la prise unique sera établie, on pourra tirer un meilleur parti des eaux dérivées, et la plaine d'Avignon serait livrée à la culture maraîchère. De là, avantage pour les propriétaires des canaux et avantage immense pour les cultivateurs et pour le pays.

Th. GOUBET, *Secrétaire.*

Séance du Jeudi 6 Mai 1875. — Soir.

Présidence de M. Eug. Cousin.
M. Fréd. Fabre, *secrétaire.*

Au début de cette séance, sur l'invitation de M. le Président, **M. L. de Martin,** dans une chaleureuse improvisation a développé le texte que voici :

« *La fabrication du vin devant la liberté des producteurs, la loi d'hygiène et la science œnologique.* »

Les notes que nous avions prises au cours de la séance s'étant égarées, nous avons dû prier l'orateur de nous résumer les principaux points de sa thèse, ce qu'il a bien voulu nous promettre de faire. Si son travail nous arrive avant la publication du présent compte-rendu, nous nous ferons un devoir de réparer la lacune qui résulte de cette omission.

La parole est ensuite donnée à M. Aug. Franquebalme, sur *l'industrie des soies dans Vaucluse.*

M. A. Franquebalme s'est proposé de traiter des causes qui tiennent les soies de Vaucluse dans un état d'infériorité par rapport à celles de l'Ardèche et des Cévennes.

Il a embrassé cette question importante sous ses trois principaux aspects ; la filature, le moulinage et le tissage. Nous allons tâcher d'analyser cette belle conférence.

Peu de pays, dit-il, ont contribué autant que Vaucluse à implanter en France l'industrie des soies. Si nous avons été dépassés et supplantés même par d'autres départements, cela tient à des causes qu'il va essayer d'indiquer en recherchant autant que possible les moyens à employer pour conserver et faire prospérer cette industrie dans nos contrées.

En ce qui concerne la filature, M. Franquebalme dit qu'elle végète dans nos environs depuis longtemps, tandis qu'elle est dans un état prospère dans les départements voisins. D'où vient cette différence de situation ? On l'a souvent attribuée à la supériorité des cocons récoltés dans les pays montagneux, qui produisent de plus belles soies et donnent un meilleur rendement que ceux récoltés dans les plaines.

La véritable cause du mal, dit-il, doit être recherchée ailleurs, car s'il en est ainsi, pourquoi les marchés de cocons d'Avignon et des environs sont-ils, depuis quelques années, le rendez-vous des filateurs des Cévennes et de l'Ardèche, dont les marques sont renommées et appréciées à juste titre.

On a dit aussi que la nature des eaux est plus propice dans ces pays que chez nous au dévidage des cocons et qu'elle a la propriété de produire de plus belles soies.

S'il en est ainsi, pourquoi ne pas rechercher les moyens d'améliorer lesnôtres ? C'est là, pour nos chimistes, un intéressant et sérieux sujet d'études sur lequel il appelle toute leur attention.

Nos filateurs produisant, malgré leurs efforts, des soies inférieures à celles de leurs concurrents, ne peuvent payer les cocons un prix aussi élevé que ceux-ci. Il en résulte que les éducateurs vauclusiens attachant moins d'importance à leurs éducations de vers à soie, s'approvisionnent souvent de graines de rebut, qui, si elles n'échouent pas complètement, ne produisent que des cocons très inférieurs, ne donnant naturellement que de la mauvaise soie.

Filateurs et éducateurs tournent ainsi autour d'un cercle vicieux qu'il est de tout intérêt de briser en améliorant l'état de choses actuel.

Une autre considération les y contraint, du reste : c'est l'importation chaque année grandissante des soies asiatiques. Les soies de la Chine et du Japon ont pris, dans les emplois de la fabrication d'étoffes, la place qu'occupaient les soies de 2me et 3me ordre, qui sont précisément celles produites en général dans les filatures du département.

Ne pouvant lutter avec les soies asiatiques par le bon marché et la grande production, tous nos efforts doivent donc tendre à améliorer nos produits.

Pour cela, trois moyens sont indiqués :

1° Création d'associations loyales pour introduire à bas prix des graines de 1er choix ; 2°, production de bons cocons ; 3°, amélioration des eaux des filatures. Il y a de l'avenir de l'industrie de la filature dans nos contrées.

Passant au moulinage, il est dit que cette industrie ne peut que continuer à être alimentée, par suite des importations asiatiques qu'elle est appelée à transformer. Nous avons toutefois à combattre la concurrence des moulinages

italiens, qui, après s'être formés à notre école, sont deve-
nus nos maîtres. Il n'y a pas bien longtemps de cela, les
plus réputés aujourd'hui, lorsqu'il s'agissait d'organiser des
moulinages de trame-Chine, venaient chez nous pour étudier notre manière de les fabriquer : c'est l'inverse qui se
produit aujourd'hui. Si nous voulons connaître un progrès,
nous allons chez eux. Nous avons donc beaucoup à faire
de ce côté ; surtout évitons cette tendance malheureuse de
quelques mouliniers façonniers, de charger avec des matières étrangères les soies qui leur sont confiées pour l'ou-
vraison. Je ne saurais trop m'élever, dit-il, contre un pareil procédé que réprouvent à la fois la loyauté et l'honnê-
teté.

Nous passons rapidement sur la dernière partie des appréciations de M. Franquebalme concernant le moulinage.
Elles ont trait aux usines établies dans l'intérieur d'Avignon, dont le nombre diminue de jour en jour. Ce fâcheux
état de choses est dû, suivant l'honorable conférencier, à
la mauvaise organisation actuelle du canal de Vaucluse,
alimenté tout au plus en moyenne deux ou trois jours par
semaine, alors qu'il l'était si bien et constamment autrefois.

L'industrie du tissage des soies fut importée d'Italie,
ainsi que l'indiquaient les noms de Florence, Gros de Naples, servant à désigner certaines qualités d'étoffes alors
tissées aux environs d'Avignon. Il y eut un moment où
10,000 métiers battaient ici ou dans les environs, ce qui
permet de supposer une population ouvrière de près de
15,000 personnes occupées à ce travail. La prospérité ré-
gnait alors ; le travail était rémunéré, facile et à la portée
de tout le monde, et, avantage inappréciable ! l'ouvrier
pouvait travailler sans s'éloigner du toit qui abritait sa famille.

Hélas, ce beau temps finit par disparaître ! Pendant que
nos fabricants peu désireux d'améliorer leurs produits
s'endormaient dans la routine, la concurrence lyonnaise
travaillait avec ardeur, inventait de nouvelles étoffes, qui
se pliant aux caprices de la mode, détrônèrent les nôtres.

La fabrique lyonnaise ne fut pas la seule cause de l'abandon dans notre ville de l'industrie des étoffes de soie. Entr'autres, un produit nouveau, la garance, s'était implanté dans notre département. Ce produit devenait un monopole pour nos localités, de sorte que les fabricants d'étoffes, se voyant distancés par leurs concurrents lyonnais, jetèrent leurs capitaux dans ce nouveau commerce, et peu à peu cette industrie naguère si florissante dans l'état d'Avignon, après avoir végété, s'éteignit faute de moyens suffisants pour progresser.

Les teinturiers eux-mêmes qui trouvaient dans les belles eaux de Vaucluse, avant l'établissement des usines à garance, les éléments d'un bon travail, furent à leur tour contraints d'abandonner leur industrie, car les eaux de la Sorgue qui se dirigent sur Avignon entraînaient avec elles les résidus du nouveau produit, ce qui occasionnait des teintures défectueuses : ce fut donc une déroute complète.

Avignon se vit réduit, dans ces derniers temps, à ne compter qu'une seule maison de fabrication, celle de M. Monestier, qui ne possède plus que deux ou trois cents ouvriers. Il a eu l'énergie et l'intelligence de savoir lutter. Honneur à lui ! S'il est resté dans Avignon et ses environs un petit noyau d'ouvriers tisseurs qui nous permettront de voir probablement refleurir, sinon comme autrefois, du moins d'une manière fructueuse pour le pays, une industrie précieuse, c'est à lui que nous le devons.

Déjà les fabricants de Lyon, dont les tissus sont si demandés, ne trouvant pas dans leur ville un nombre de tisseurs assez considérables pour suffire aux commandes, sont venus relever la fabrication d'étoffes qui marche actuellement d'une manière satisfaisante et donne aujourd'hui du travail à 13 ou 1400 ouvriers.

L'honorable conférencier fait appel aux travailleurs intelligents. Pourquoi, dit-il, ne surgirait-il pas de nouveaux fabricants avignonais ? Il s'agit d'une industrie qui a fait ses preuves dans le pays. Les étoffes faites, ici, sous l'influence d'un beau climat, sont très appréciées par le brillant, la propreté et le coloris, qualités qu'on obtient plus difficilement sous le climat de Lyon, etc.

L'industrie des garances a été à Avignon une des causes principales de l'abandon du tissage des étoffes.

Qui sait si cette industrie du tissage, si prospère ailleurs, n'est pas appelée à venir, un jour, fermer une partie des plaies que pourrait laisser après elle l'industrie qui l'avait supplantée ?

M. Franquebalme termine sa conférence, en exprimant le vœu de voir ouvrir dans Avignon une école théorique de tissage, créée sur le modèle de celle qui fonctionne à Lyon.

Il croit fermement qu'elle serait suivie avec intérêt par de nombreux ouvriers et par des personnes qui auraient le désir de se livrer à la fabrication des étoffes ; elle continuerait, en outre, à implanter d'une manière définitive, dans Avignon, une industrie qu'il faut à tout prix attacher à notre pays.

La parole est ensuite donnée à **M. Guibert**, délégué de la Société d'Agriculture de Marseille.

M. le Délégué entretient l'assemblée des efforts faits dans les Bouches-du-Rhône, en vue de combattre le phylloxera.

Il annonce qu'il déposera un rapport.

M. de la Bellonne, délégué du Comice agricole d'Apt, en déposera un sur le même question.

M. le Président remercie MM. les Conférenciers de leurs intéressantes communications, et, l'ordre du jour étant épuisé, il lève la séance.

FRÉD. FABRE, *Secrétaire.*

Appendice à la Séance du 6 Mai 1875.

Cette séance a été bien remplie : le temps a manqué à nos rapporteurs. Nous regrettons vivement de n'avoir pu entendre le rapport de M. Ferry de la Bellone sur le grainage cellulaire, la flacherie et le système Pasteur. Ce travail mérite d'être connu et sera publié *in extenso* dans le compte-rendu complet de nos conférences et dans le *Bulletin de la Société d'Agriculture.*

M. Joubert, membre de la Chambre de Commerce et M. Leydier (de Gigondas) nous ont communiqué deux mémoires dont nous donnons l'analyse.

M. Joubert a toujours pensé que l'oïdium de la vigne avait une certaine corrélation avec la maladie du mûrier. Il a exprimé cette opinion en 1869 et les observations qu'il a faites depuis sont de nature à l'y faire persister.

Depuis vingt ans, M. Joubert s'occupe de la sériciculture et du grainage dans tous les pays, en Europe et en Asie. Il a constamment remarqué que la maladie du ver-à-soie suivait l'apparition de l'oïdium, ou coïncidait avec lui. Il en a conclu que le mûrier était malade, que c'était là la cause de la maladie, que le mûrier avait aussi son oïdium. C'est l'arbre qui est malade et non le ver.

M. Joubert relate ses observations dans les diverses provinces d'Italie, dans la Valachie, les principautés Danubiennes, le Portugal et l'Orient.

Au fur et à mesure que l'oïdium de la vigne a disparu, M. Joubert a constaté que les mûriers reprenaient leur aspect robuste. Aujourd'hui l'oïdium a disparu, le mûrier redevient sain.

M. Joubert croit à la disparition de la maladie et a la conviction, qu'à la suite de la récolte de 1876, il lui sera possible de donner des graines cellulaires, ponte de douze heures, provenant de cocons de premier mérite, à 8 fr. ou 10 fr. les 25 grammes, et d'en garantir le succès.

M. Henri Leydier (de Gigondas) donne quelques détails sur la *flacherie*, ses causes et les moyens de la prévenir.

On appelle communément *flacherie* la maladie qui atteint les vers après la quatrième mue, soit qu'ils viennent mourir lentement sur le bord des claies, soit qu'ils meurent subitement à l'endroit où le mal les surprend.

Ce sont là cependant deux maladies bien distinctes.

Dans le premier cas, le ver perd tout-à-coup l'appétit, se traîne au bord de la claie comme pour y chercher à respirer plus à l'aise, s'y accroche la tête en bas, puis la partie postérieure du corps se ride, s'amincit, et la mort survient après deux ou trois jours. M. Leydier dénomme cela la *maladie des passis* et pense qu'elle a son siége dans l'appareil respiratoire, il a observé les causes suivantes :

1° la dessication trop rapide de la graine après la ponte ;

2° une température trop élevée après chaque mue.

3° l'influence du vent chaud et du sud-ouest.

Dès lors pour garantir les vers de la maladie des *passis*, on doit :

1° Soustraire la graine fraîchement pondue aux fortes chaleurs de l'été, et veiller à ce qu'elle soit toujours dans de bonnes conditions d'aération.

2° Éviter une température élevée au moment des mues.

3° Garantir les chambrées du vent du sud-ouest.

Au cas de *flacherie* proprement dite le ver meurt où le mal le frappe ; après la mort, il conserve pendant quelques instants une apparence de vie et de santé, sa couleur est naturelle, on est tenté de les toucher pour s'assurer de la mort.

La flacherie se déclare toujours pendant le cinquième âge et sévit surtout dans les années où le printemps est froid et pluvieux. L'intensité de la maladie est d'autant plus grande que l'éducation est plus précoce, le climat plus humide, le terrain plus fertile et le mûrier soumis à une taille plus sévère, car la feuille est moins nourrissante, sa maturité est retardée. La feuille aqueuse est peu substantielle, introduit dans les organes peu de matière nutritive mais une quantité d'eau qui rend le ver bouffi, dès lors rend la respiration difficile et cause sa mort lorsque l'air est malsain.

M. Leydier décrit l'appareil respiratoire du ver et y trouve la démonstration de ses observations. Il croit que la somme d'oxygène respirée par le ver doit toujours être proportionnelle au volume de liquide contenu dans la feuille qu'il absorbe. Si par quelque cause que ce soit la transpiration devient insuffisante pour débarrasser le ver de l'eau devenue inutile, la flacherie se déclare.

En terminant, M. Leydier donne aux éducateurs les conseils suivants :

1° Grand nombre d'éducations ne réussissent pas parce qu'on donne aux vers trop de nourriture et pas assez d'air. Trois repas par jour sont suffisants.

2° Éviter les éducations trop précoces, et les éducations tardives, afin que la feuille soit bien mûre et bien à point.

3° Réserver pour le cinquième âge, c'est-à-dire la période critique, la feuille la plus nourrissante, à savoir, celle des vieux arbres, ou des arbres plantés dans les terrains élevés, secs et peu fertiles, ou la feuille des mûriers non taillés.

M. Pasteur pense que la taille annuelle pourrait bien contribuer à propager la flacherie.

M. Leydier adopte la taille du mûrier tous les quatre ans seulement. La feuille serait, dit-il, meilleure et les cas de flacherie deviendraient plus rares.

TH. GOUBET, *Secrétaire.*

Séance du Vendredi 7 Mai 1875. — Matin.

Présidence de M. le Marquis de L'Espine.

Prennent place au bureau MM. Doncieux, préfet de Vaucluse, Halna du Frétay, J. Valabrègue, docteur Yvaren, de Serres, des Isnards, etc.

M. Fréd. Fabre, *secrétaire.*

La séance est ouverte à 10 heures.

M. le Président donne la parole à M. Gaston Bazile, membre du Conseil supérieur de l'agriculture.

M. G. Bazile se propose de donner un aperçu du système Guenon. On sait que ce système fournit le moyen de reconnaître par des signes extérieurs, et dès la naissance, la valeur future d'un animal au point de vue de la production du lait.

M. G. Bazile expose d'abord combien il importe aux producteurs de lait d'avoir de bonnes vaches laitières, puisque la dépense de fourrage restant la même, on peut, suivant le cas, obtenir de 15 à 20 litres de lait par jour, ou 4 à 5 litres seulement. De tout temps, on a reconnu qu'il y avait des vaches meilleures les unes que les autres. Existe-t-il des signes extérieurs propres à les faire distinguer ?

Oui, dit-il, il y a des signes spéciaux qui indiquent chez une vache qu'elle est bonne laitière, entr'autres : la poitrine grande, large et profonde, facilitant le jeu des poumons, les côtes larges arquées, la croupe et les hanches bien développées, les mamelles bien développées également, souples et élastiques. La peau fine, les veines apparentes sont des signes auxquels on reconnaît une production de lait plus abondante.

Parmi ces derniers organes, il y a surtout à remarquer le plus ou moins de développement des deux grosses veines laitières ou mammaires qui se détachant de la mamelle, courent sous le ventre pour rentrer dans le corps ; elles doivent être grosses, tortueuses, ce qui annonce un grand afflux de sang : on les appelle *fontaines de lait*.

Tous ces caractères n'apparaissent chez un animal que vers l'âge adulte, de 4 à 7 ans, où ils ont atteint tout leur développement.

Mais quand il est jeune, comment guider le choix de l'acheteur ?

C'est dans ce cas qu'il lui importe de connaître le système Guenon.

Simple paysan des environs de Libourne, Guenon avait le talent de l'observation. Il avait remarqué sur le derrière de l'animal certains signes qui avaient échappé jusque là à l'attention des hommes compétents.

Dans l'espèce bovine, la direction générale du poil est de haut en bas. Guenon remarqua qu'à la partie antérieure, le poil est planté dans une direction tout opposée et que la quantité de lait fournie par un animal est en raison de l'abondance de ce poil remontant.

Ce poil affecte 10 figures auxquelles il donna différents noms rappelant par analogie de forme les objets qui lui étaient familiers.

Après avoir tracé sur le tableau noir la principale de ces figures, appelée l'*écusson*, M. G. Bazile en fait la démonstration. Nous ne suivrons pas l'honorable conférencier dans ses explications aussi intéressantes qu'instructives.

Contentons-nous de retenir ce qu'il dit à propos de l'écusson : Tous les écussons n'ont pas le même développement chez l'animal ; dès sa naissance, suivant qu'il est plus ou moins grand, on peut en induire que son aptitude lactifère sera plus ou moins grande aussi. Très partisan de ce système, M. Bazile dit que depuis 30 ans qu'il possède une vacherie importante, ce qui le met dans le cas de renouveler annuellement une partie de ses vaches, il a pu se rendre compte de l'excellence du système en question, qui lui a rendu de grands services.

Le système Guenon n'a pas été admis d'emblée. On s'étonna beaucoup d'abord qu'un simple paysan eût mis en lumière une pareille particularité, qui avait passé inaperçue des savants. Depuis 20 ans, il est admis par la science, qui lui a donné toute son approbation.

Il ne faut pas toutefois, dit en finissant M. Bazile, avoir en lui une confiance trop absolue. Pour rester dans le vrai, il ne faut y voir qu'un indice favorable. Au-delà le système Guenon prête le flanc aux critiques.

Ici s'arrête la première partie de la conférence.

La deuxième, qui consistait dans la démonstration sur le lieu même du Concours, a eu lieu à l'issue de la séance, devant un public nombreux. Là, M. Bazile a montré sur diverses vaches ou génisses exposées, la confirmation plus ou moins prononcée des signes lactifères qu'il avait indiqués en conférence.

Nous reprenons la suite du compte-rendu de la séance du 7 mai, matin.

Après avoir remercié M. Gaston Bazile, M. le président donne la parole à M. le marquis des Isnards.

Désigné par la Société d'Agriculture de Vaucluse, pour traiter au sein des Conférences agricoles la question du reboisement des forêts et la culture de la truffe, dans l'arrondissement de Carpentras, **M. le marquis des Isnards** dit que la première idée du reboisement de nos montagnes date de 1860. A cette époque, une grande impulsion fut donnée aux reboisements et l'administration des forêts, dans ses semis, ne chercha nullement à employer des glands provenant de chênes dits *truffiers*. Il n'en est pas de même des particuliers, et il ajoute que les premiers semis effectués par ceux-ci, en vue d'obtenir des truffes sur les versants du Ventoux, remontent à plus de 60 ans.

L'action des reboisements sur la production des truffes est incontestable. Quant à la vertu héréditaire des glands provenant des chênes truffiers, il ne la discute pas. M. le rapporteur croit que la production des truffes a ou aurait lieu avec l'une ou l'autre nature de glands.

Les glands des chênes truffiers, ordinairement petits, sont le produit de sujets d'une apparence relativement peu vigoureuse. Il conseille de semer de préférence les glands de chêne dit de *Bourgogne*, qui fournissent des arbres d'une venue précoce, d'un aspect planctureux, au tronc droit et lisse, etc., au pied desquels on trouve aussi la truffe, et cite comme échantillons de cette espèce ceux bordant les grandes routes et les chemins d'exploitation du château de M. le Marquis de Billiotti, à Beauregard, près Joncquières, dont le produit annuel des glands seulement s'élève à 3,000 francs.

L'honorable rapporteur entretient son auditoire des essais de semis qu'il a entrepris, au moyen de glands fournis par des chênes de bonne réputation, aux environs desquels on récoltait des truffes. Il cite également ceux effectués par M. le marquis de Jocas, dans la partie Est du département, confinant les Hautes-Alpes, sur une surface de près de 100 hectares, en variant la nature des essences suivant celle du sol. Tous ces essais de reboisement, de même que ceux poursuivis par l'administration des forêts, ont été couronnés de succès ; à l'heure qu'il est, ils produisent avec une remarquable abondance. L'action du reboisement sur la production de la truffe étant incontestable, les commerçants et les particuliers se sont mis à l'œuvre.

Depuis 1862, la propriété forestière a triplé d'étendue dans diverses communes sur le versant méridional du Ventoux, et les prix des fermages se sont notablement élevés.

Nous passerons rapidement sur l'historique de la truffe, pour rester dans les limites que nous impose forcément l'exiguité de notre cadre.

Pour M. le Rapporteur, la truffe ne se cultive pas ; comme le diamant, dit-il, elle se produit, elle surgit ; tout au plus peut-on lui préparer un milieu qu'on sait lui être agréable ; et, quand ses effluves parfumées, ses semences impalpables sont dispersées par les vents, ces dernières s'y arrêtent et la truffe commence son existence.

Terminons par ces quelques détails statistiques :

Il entre à Carpentras (année moyenne) de 58 à 60,000 kilog. de truffes. Le prix moyen, cette année, a été de 12 à 14 fr. Il y a à Carpentras, cinq fabriques principales s'occupant de leur préparation en conserves. Saumanes fournit les meilleures qualités. Vient ensuite Villes, qui produit plus abondamment, etc. Partout, cette année, la récolte a été mauvaise, sans qu'on puisse se rendre compte de ce fâcheux résultat.

La séance est levée à 11 h. 1/2.

FRÉD. FABRE, *Secrétaire.*

Séance du Samedi 8 Mai 1875. — Matin.

Présidence de M. Jonathan Valabrègue.

Prennent place au bureau : MM. le marquis de L'Espine, Loubet, président du Tribunal civil et du Comice agricole de Carpentras, etc., etc.

M. Fréd. Fabre, *Secrétaire.*

La séance est ouverte à 10 heures.

M. le Président donne la parole à **M. Gust. Foëx,** professeur à l'École d'agriculture de Montpellier, sur la culture des bétteraves.

L'agriculture, comme les autres industries, dit M. Foëx, tend de plus en plus vers la spécialisation.

Dans notre Midi surtout, nous avons vu diminuer la surface consacrée aux denrées destinées à la consommation locale, tandis que celles d'exportation, telles que le vin, les fruits et légumes de primeur, les cultures industrielles, n'ont cessé d'augmenter de jour en jour.

Cette tendance n'est pas sans danger, car si une crise résultant des phénomènes naturels ou de faits économiques vient à se produire, la contrée, dit-il, qui la subit, se trouve obligée de changer son système de production, ce qui apporte momentanément du trouble et de la souffrance.

C'est une crise de ce genre que traverse le département de Vaucluse.

Trois de ses cultures principales se trouvent atteintes. Sur les coteaux et dans les plaines de fertilité moyenne, dit M. Foëx, le mûrier et la vigne s'étendaient rapidement, faisant une sérieuse concurrence aux céréales, lorsque la maladie des vers-à-soie, puis le phylloxera sont venus troubler les progrès de ces belles cultures arbustives, etc. Dans les fertiles alluvions de nos plaines et sur un certain nombre de sols privilégiés, la culture de la garance donnait les plus riches produits, tout en améliorant d'une manière très-remarquable les conditions de l'agriculture. Enfin une industrie et un commerce importants qui pourvoyaient le monde entier de ses produits, reposait sur la garance. Il semblait qu'une spéculation agricole, organisée dans d'aussi bonnes conditions, fût à même de résister aux circonstances les plus défavorables. Et cependant aujourd'hui la découverte de l'alizarine artificielle aggrave beaucoup la situation, de sorte que les cultivateurs, surpris subitement par l'avilissemet des prix des garances, se découragent et en abandonnent la culture.

Que faire en présence d'une pareille situation ? La crise actuelle se présente avec deux caractères bien distincts. Pour le mûrier et la vigne, il s'agit d'une période difficile à traverser, mais qui aura une fin. Déjà les remarquables travaux de M. Pasteur ont ouvert à la sériciculture des voies nouvelles. Quant à notre viticulture, à défaut de so-

lution générale et définitive, nous avons en attendant
mieux des moyens pour enrayer le mal qui la ronge. Du
reste, la maladie ne peut être l'état normal d'un être et il
est certain qu'un parasite ne peut détruire complètement
l'espèce qui le nourrit, sous peine de se détruire lui-même
par la famine.

En ce qui concerne la garance, la question est plus grave.
Mais il ne faut pas pour cela renoncer complètement à cette
culture.

M. Foëx espère que, par des procédés culturaux mieux
entendus, un bon système de sélection des graines et par
l'emploi d'engrais chimiques appropriés, on arrivera à obtenir, dans les terrains les plus favorisés, des produits suf-
fisamment riches et abondants pour lutter par leur prix
de revient, avec l'artificielle, qui paraît arrivée actuellement à son prix minimum.

Une moindre portion de nos terres devant être affectée
désormais à la culture de la garance, il convient de se pré-
occuper des moyens de la remplacer partiellement. C'est
ce qu'on peut faire au moyen de la betterave à sucre. Les
essais entrepris tout récemment par l'honorable M. A.
Lajard, dans les Paluds, sont de nature à encourager
d'autres tentatives.

M. le professeur rappelle que la betterave n'est pas absolument une nouveauté pour notre département, qu'il y
a quelques années déjà, un essai en grand fut entrepris à
Villelaure, par M. le marquis de Forbin-Janson, essai dont
le résultat fut un échec dû à des causes tout-à-fait indépen-
dantes du point de vue agricole proprement dit.

La culture a fait produire à la betterave un grand nombre de variétés, qu'on peut diviser au point de vue de leur
destination en trois groupes distincts : 1° les *betteraves co-
mestibles* qui servent à l'alimentation de l'homme, à chair
fine et sucrée, telles que la rouge-sang, rouge de White,
crapaudine ; 2° les *betteraves fourragères* destinées à l'alimentation du bétail, à grand rendement, volumineuses, à
tissus lâches et aqueux, telles que les disettes, la jaune

d'Allemagne, etc.; 3° enfin, les *betteraves à sucre*, que l'on emploie pour en extraire le sucre et l'alcool. S'arrêtant plus longuement sur ces dernières à cause de l'intérêt tout spécial qui s'y attache aujourd'hui, M. Foëx dit que les races les plus riches ont été reconnues être généralement les plus petites, celles dont les racines présentent une surface plane ou concave avec un collet volumineux, celles qui restent entièrement dans la terre, etc. Le mode de perception de l'impôt du sucre en Allemagne étant pris sur le poids brut des racines employées au lieu de l'être, comme en France, sur le poids net des matières sucrées, a fait sentir aux fabricants de ce pays le besoin de créer des races riches en sucre, sous un petit volume. La variété type des betteraves à sucre allemandes est la *betterave blanche de Silésie à collet vert*. Il y a encore la Silésie blanche à collet rose, un peu moins riche en sucre. Parmi les sous-variétés, on distingue la betterave blanche de Magdebourg, et enfin deux espèces de création relativement récente, celle dite *impériale* et la betterave blanche améliorée de Vilmorin, l'une et l'autre produit d'une sélection intelligente et continue. Comme qualités saccharifères de chaque race, on peut dire en thèse générale que tout ce qui tend à augmenter dans une forte proportion le volume de la racine, est défavorable à sa richesse en sucre. Sauf les terrains marécageux, les sables et la craie pure, tous lui conviennent, à la condition d'adapter les variétés cultivées et les procédés à la nature des sols. On peut dire toutefois que ce sont les terres de consistance moyenne, assez profondes, riches et fraîches sans être humides, qui lui permettent d'atteindre son plus grand développement.

L'action du sol peut être du reste profondément modifiée par celle des engrais, qui en changent souvent d'une manière très-remarquable les propriétés.

M. Foëx entre ensuite dans des développements très-intéressants sur les expériences faites par les chimistes allemands et français dans le but d'arriver à augmenter la richesse en sucre, en modifiant la nature du sol, etc. Il résulte de son exposé que les terres destinées à la betterave à sucre doivent être médiocrement riches en matières azoto-carbonées. Il fait connaître ensuite la nature des soins qu'exigent la préparation des terres qui lui sont destinées et la plante elle-même, sa multiplication par graines ou par semis. Nous sommes obligés de passer rapidement, le cadre de notre analyse nous imposant d'être bref.

Il parle ensuite de l'arrachage, de la mise en tas des racines à mesure de leur extraction. Ensuite vient le décolletage et la mise en silos.

Énumérant une dernière fois les avantages remarquables que peut offrir cette culture dans les parties de notre département où il sera possible de l'établir, M. Foëx démontre que l'opération se résout par un bénéfice net suffisant.

Prenant comme rendement le prix minimum indiqué par M. Lajard, et comme prix de vente celui que M. H. Léenhardt, qui a fait quelques essais de distillation avec ces racines, dit pouvoir donner de betteraves contenant de 9 à 10°/₀ de sucre, le compte de culture, y compris le loyer du sol, s'établit par hectare, savoir : au débit 1093 fr. et au crédit fr. 1200 (soit 60,000 kil. racines à fr. 2 les °/₀ kil.) ; d'où il résulte que la betterave à sucre donnerait pour une culture dans des conditions analogues à celles où a opéré M. Lajard, dans les Paluds, un bénéfice net de 107 fr., le loyer payé, résultat certainement propre à encourager de nouvelles tentatives. Nous ne saurions douter, dit en terminant l'honorable conférencier, que l'agriculture vauclusienne familiarisée depuis longtemps avec les procédés les plus perfectionnés de la culture, guidée par des personnalités éminentes formées à la savante école des Gasparin, ne puisse arriver à tirer une réelle prospérité d'une plante qui a enrichi l'agriculture du nord, et dont les conditions climatériques augmenteront probablement la valeur. Et c'est ainsi que se réalisera pour Vaucluse cette vérité qu'on ne saurait trop répéter que les difficultés sont souvent le plus puissant aiguillon du progrès !

Après avoir vivement remercié l'orateur, **M. le Président** invite M. Giraud, *directeur de l'École normale d'Avignon*, à prendre la parole pour faire sa conférence sur la
météorologie.

M. Giraud s'applique à démontrer d'abord que la
météorologie a des rapports directs avec l'agriculture, et
que, de toutes les sciences, c'est celle qui, un jour, lui
viendra le plus puissamment en aide ; il fait connaître
ensuite les diverses mesures prises jusqu'ici pour arriver
à la découverte des lois qui régissent les mouvements de
l'atmosphère.

Il rappelle à ce sujet une décision qui doit conduire à
ce résultat ; celle prise par le Congrès des météorologistes
réunis à Vienne, à l'époque de la dernière exposition uni-
verselle, par laquelle des observations identiques se font
sur une infinité de points de la surface de la terre, au
même instant physique, (midi 53 minutes, temps moyen
de Paris.)

Après avoir constaté que les pluies sont moins fréquentes et moins abondantes à notre époque que dans les
temps reculés, et en avoir attribué la cause à la destruc-
tion des forêts, au dessèchement des marais et au défri-
chement des prairies naturelles, il insiste pour que les
opérations de reboisement soient continuées avec activité. Il exprime le vœu qu'il soit établi un système
complet d'irrigations, qui, tout en multipliant les produits
de la terre, donneront à l'atmosphère les quantités de
vapeurs qui lui sont nécessaires pour produire des pluies
plus fréquentes et plus abondantes.

Faire connaître les résultats des travaux entrepris à
l'École normale d'Avignon sous sa direction, du 1er octobre
1872 jusqu'au 31 mars 1875 ; exposer le résumé des observations météorologiques faites dans les diverses stations
du département de Vaucluse, ainsi que le résumé très

sommaire de celles faites à Orange par M. le comte de Gasparin pendant 52 années : tel est surtout le programme de la conférence de M. Giraud.

La hauteur barométrique moyenne, ramenée à zéro degré de température et au niveau de la mer, a été de 763^{mm},43 pour l'année entière 1873, et de 762^{mm},94 pour l'année 1874. Les hauteurs moyennes par saisons sont, pour toute la période des observations : 764^{mm}, pour l'hiver ; 761^{mm},3 pour le printemps ; 762^{mm},9 pour l'été ; et 759^{mm},4 pour l'automne. La moyenne mensuelle des plus hautes pressions se trouve en hiver, pendant le mois de janvier, elle est de 766^{mm},8 et la plus basse se voit en automne, pendant le mois de novembre, où elle n'est que de 757^{mm}.

Des observations recueillies sur les variations de la pression atmosphérique aux diverses heures de la journée, il résulte que les pressions sont sensiblement égales à six heures du matin et à 9 heures du soir ; que cette pression diminue progressivement jusqu'à 6 heures du soir, et qu'à partir de ce moment, et dans l'espace de 3 heures, la pression atmosphérique gagne ce qu'elle a perdu depuis le matin. L'orateur attribue ce phénomène à la dilatation graduelle de l'air atmosphérique pendant que le soleil est sur l'horizon.

La quantité de pluie tombée à Avignon pendant l'année 1873, du 1er janvier, époque à laquelle le pluviomètre a été établi à l'école normale, au 31 décembre, est de 615^{mm},8 ; elle est de 693^{mm},6 en 1874, et de 37^{mm},4 seulement pour les trois premiers mois de 1875. Par saisons, les pluies se répartissent de la manière suivante : 90^{mm},8 en moyenne pour l'hiver ; 121^{mm},8 pour le printemps ; 200^{mm},4 pour l'été ; et 210^{mm},9 pour l'automne. Ainsi, c'est en hiver qu'il est tombé le moins de pluie (ou neige), et en automne qu'il en est tombé le plus ; mais, à cause des orages, il est tombé presque autant de pluie en été qu'en automne.

Le nombre des jours de pluie varie peu pendant les trois saisons, d'hiver, printemps et été ; mais il est plus élevé en hiver. Ce nombre est, en moyenne, de 12 pour l'hiver, de 12, 8 pour le printemps, de 12 pour l'été, et de 19, 5 pour l'automne.

En somme, l'année 1873 a eu 59 jours de pluie qui ont donné 615^{mm}, 8, et l'année 1874 en a eu 55 qui ont donné 693^{mm}, 6.

M. le Directeur fait remarquer que, d'après ses observations, l'état hygrométrique de l'air est en rapport, non avec les quantités de pluie tombée, mais avec le nombre de jours de pluie. Ainsi l'année 1873, qui a eu 59 jours de pluie, a une humidité relative moyenne de 71,4; tandis que l'année 1874, qui n'a eu que 55 jours de pluie, a eu en moyenne une humidité relative de 64,2 seulement.

Les observations sur l'évaporation n'ont pu avoir lieu pendant l'hiver, à cause de la gelée, qui briserait l'évaporomètre. L'orateur ne peut donner sur l'évaporation que le résultat des observations faites au printemps, en été et en automne, desquels il résulte que la quantité d'eau évaporée pendant ces trois saisons est de 1^m, 155 $^1/_2$ en hauteur. En comparant cette quantité d'eau évaporée à la quantité de pluie tombée pendant la même période de temps, qui est de 0^m, 554^{mm}, 6 en hauteur, on voit que l'évaporation est à la pluie tombée dans le rapport très-approximatif de 2 à 1.

M. le Conférencier fait connaître les moyennes des températures diurne, maxima et minima pour la période de ses observations. Il résulte de son exposé, que ces moyennes sont ainsi établies :

Année 1873 :

température diurne : 15° 25, maxima 19° 08, minima 11° 07

Année 1874 :

température diurne : 14° 47, maxima 18° 38, minima 9° 55

d'où il suit que, sous tous les rapports, l'année 1874, qui a eu une pression atmosphérique plus basse et une plus grande quantité de pluie, a été plus froide que l'année 1873.

Les observations sur l'ozone, commencées le 1er février 1874, se sont continuées depuis sans interruption. La

quantité d'ozone observée pendant cette période de 14
mois est représentée par le chiffre 2734, dont 1118 pour le
jour, et 1616 pour la nuit ; d'où il résulte que c'est pendant
la nuit, alors, qu'il y a plus d'humidité, que l'ozone se dé-
gage en plus grande quantité. D'après les observations
de M. Giraud, c'est lorsque le temps est pluvieux ou ora-
geux que le papier ozonométrique prend la teinte la plus
foncée. En outre, il y a très peu d'ozone en hiver, puisque
le mois de février de cette année n'a point donné d'ozone.

Après avoir comparé l'état ozonique de l'air et l'état sa-
nitaire de l'établissement où se font les observations, M.
le Directeur pense qu'il pourrait bien y avoir quelque rapport entre le dégagement de l'ozone et la santé publique.
En l'état actuel des choses, il n'affirme rien, mais il est
d'avis que cette question soit soigneusement étudiée, et
que l'ozone soit observé dans toutes les stations.

Suit un exposé fort intéressant sur l'organisation du service météorologique dans le département de Vaucluse.
C'est grâce aux importantes allocations portées toutes les
années au budget départemental par le Conseil général,
que des observatoires de 2ᵉ et de 3ᵉ ordre sont établis et
fonctionnent régulièrement à Avignon, Orange, Carpentras et Apt ; que la pluie et les orages sont observés dans
dix stations situées sur les points les plus importants du
département et dans un certain nombre d'autres qui viennent d'être créées.

Il résulte des observations météorologiques faites dans
le département pendant l'année 1874, 1° que les pluies ont
été très inégalement réparties sur la surface du département ; car, tandis que les stations de Savoillans et de Ma-
laucène, situées sur le versant nord du Ventoux, accusent,
la première 977 millimètres d'eau tombée, et la seconde
808 millimètres, les stations de St-Christol et de Murs, situées au sud de cette montagne n'ont recueilli, la première
que 343 millimètres et la seconde 637. Cette différence
entre les quantités de pluie tombée sur le versant nord et
sur celui du sud du Mont-Ventoux, doit être attribuée à

l'action réfrigérante qu'exerce cette montagne sur les masses nuageuses qui entrent le plus souvent dans le département par le nord-ouest.

De toutes les stations pluviométriques du département, Savoillans, au pied du Ventoux, est celle où il a plu le plus souvent : 78 jours de pluie en 1874 ; et Avignon, qui est de toutes les stations du département, la plus éloignée des montagnes, n'a eu, pendant cette même année 1874, que 55 jours de pluie.

La plus grande averse de l'année est celle qui eut lieu pendant l'orage de la nuit du 27 au 28 juin, et qui a donné 87 millimètres d'eau à Carpentras, 107, 5 à Valréas, 111 à Avignon, et 156 à Bollène.

Rendant compte des orages qui ont éclaté sur le département pendant l'année 1874, M. le Conférencier fait remarquer que la période orageuse s'étend du 16 février, où un orage fut observé à Orange, au 19 octobre, dernier orage observé à Pertuis ; et que les orages ont éclaté du 22 au 25 avril, du 22 au 26 mai, du 24 au 28 juin, du 7 au 8 juillet et du 17 au 29 juillet. Il fait remarquer aussi que la plupart des orages viennent du nord-ouest ; que 12 orages, sur 33 observés, ont été accompagnés de grêle, et que cette circonstance météorologique, constatée dans 18 localités, s'est produite surtout pendant les quatre premiers mois de l'année. D'où il résulte que les orages qui ont lieu au printemps occasionnent à l'agriculture des dégâts beaucoup plus considérables que ceux de l'été.

M. Giraud fait connaître que les observations météorologiques faites à Orange par M. le comte de Gasparin, de février 1813 à juillet 1865, soit pendant 52 années, ont été résumées par M. Jac, ingénieur des Ponts-et-Chaussées, à Orange, dans un remarquable rapport adressé à la commission de météorologie de Vaucluse qui a été livré à l'impression par les soins de M. Hardy, ingénieur en chef du département. Après avoir exposé les résultats généraux de ces importantes observations, M. Giraud remercie M. Jac d'être parvenu à force de travail et de persévérance, à mettre en ordre le grand nombre de documents que la famille de Gasparin avait bien voulu mettre à sa disposition.

L'heure avancée ne permet pas au conférencier de donner lecture d'une remarquable étude de M. Hardy, sur la fontaine de Vaucluse. Il termine en remerciant le Conseil général de Vaucluse de ce qu'il veut bien, toutes les années, inscrire au budget départemental des allocations spéciales, grâce auxquelles le service météorologique est organisé dans le département de Vaucluse de manière à rendre les plus utiles services à la science.

La séance est levée à 11 h. 1/2.

Fréd. FABRE, Secrétaire.

Séance du Samedi 8 Mai 1875. — Soir.

M. le Préfet préside ; autour de lui prennent place au bureau, MM. Halna du Frétay, inspecteur général ; le marquis de L'Espine ; J. Valabregue ; G. Verdet ; de la Paillonne ; Goubet, Secrétaire.

M. Barral, secrétaire perpétuel de la Société centrale d'agriculture de France, nous entretient « des lois de la végétation et des engrais. »

Le cultivateur laboure et sème pour obtenir des produits et non pour savoir comment se produit la végétation ; mais il importe que nous étudions ces lois afin d'avoir un guide sûr dans les moyens de production.

Aucun être ne vient sans ancêtre — avant tout, il faut donc un bon ancêtre, et le choix des semences s'impose en première ligne.

Toute plante se compose essentiellement de deux appareils, l'appareil souterrain et l'appareil aérien. Le premier

comprend les racines et les radicelles, le second, les tiges
et les feuilles. Viennent ensuite les fleurs, les graines, après
les graines arrive la vieillesse, la décadence, qui amène la
détérioration des différentes parties de la plante. Et nous
voyons déjà une application de cette observation dans la
plante dont la culture est spéciale à ce pays, la *garance* :
comme dans cette culture on a particulièrement en vue la
racine, on ne doit pas tendre à faire germer. Le grainage
ne doit exister que pour la reproduction nécessaire.

L'éminent secrétaire perpétuel de la Société des agriculteurs ne peut, à l'occasion de la garance, se taire sur le rapport si remarquable de MM. Besse et Rieu. Ce travail rédigé dans un excellent esprit scientifique est une œuvre du
plus haut mérite et c'est obéir à un devoir que d'avoir la
satisfaction de leur rendre cet hommage.

La première loi après celle du principe de vie est la *loi
de restitution*.

Le carbone, l'hydrogène et l'oxygène se rencontrent et
se combinent dans tous les végétaux.

Le carbone, l'eau, la lumière, voilà les éléments puissants.

Le carbone vient de l'atmosphère qui en contient presque
toujours la même quantité. L'eau entretient la végétation,
la lumière produit la chaleur et vivifie tous les éléments.
D'autre part l'azote est un élément essentiel à la production,
il faut donc en donner aux graines et aux plantes et augmenter la quantité que le Créateur a donnée. Le fumier
est une source abondante d'azote. Certaines plantes ont la
propriété d'absorber l'azote de l'atmosphère, ainsi la luzerne, le trèfle, le sainfoin ; une luzerne produira une première fois une abondante récolte, mais la production ira
ensuite en décroissant. M. Barral ne croit pas aux plantes
qui ont pour propriété d'arrêter l'azote de l'air.

Mais il ne suffit pas d'utiliser les éléments de la végétation, il faut encore trouver la récolte qui correspond le
mieux à la quantité de sels azotés.

Il est nécessaire de connaître la proportion de l'azote
dans l'engrais.

Puis quand la récolte a été faite, il importe de restituer au sol ce dont il a été appauvri par la végétation, d'assoler les engrais pour rétablir la fertilité et l'augmenter même. Le principe est qu'on doit restituer ce qu'on a enlevé, ce qui manque.

C'est par l'emploi continu des engrais que l'agriculture est florissante. Il n'y a pas de meilleur exemple à donner que celui de notre département du Nord : nulle part, en aucun pays l'agriculture n'est aussi florissante que dans cette partie de notre territoire ; l'hectare y donne quarante hectolitres de blé — et cela à cause de l'emploi intelligent et scientifique des engrais. Après l'engrais des labours très-profonds sont pratiqués, le sol arable est approfondi et un développement plus grand est acquis par les racines.

L'analyse chimique du sol donne les moyens de reconnaître la nature, la qualité et la quantité des engrais nécessaires pour obéir à la loi de restitution. Mais l'analyse est chose délicate, difficile.

Il est question d'établir à Avignon une station agronomique ; un heureux et brillant essai a déjà réussi, grâce au dévouement et à l'union de la Société d'Agriculture et de la Chambre de Commerce. Il est désirable que ce projet soit réalisé : il reste peu à faire pour remplacer l'œuvre nécessairement provisoire de ces deux sociétés par un établissement d'utilité publique, par une *station agronomique*. Les agriculteurs seront alors mis à même de connaître la nature de leur sol, de recourir à l'emploi des engrais chimiques ; ils posséderont de savants professeurs dont la présence dans cette ville ne pourra que favoriser les progrès de l'agriculture et de l'industrie.

Le département de Vaucluse est durement éprouvé par la crise garancière et le phylloxera. Des hommes éminents ont traité déjà ces graves questions ; mais l'avenir n'est point mauvais.

Ce pays est merveilleusement doué par la nature : vous avez la chaleur, une vive lumière, de l'eau, un sol fertile, complétez le tout par des engrais, et vous réunirez les conditions les plus avantageuses pour la production de toutes les denrées agricoles. Utilisez vos nombreux canaux par la production fourragère : l'exportation des fourrages, ou la consommation sur place par l'élève du bétail seront de véritables éléments de richesse.

M. le marquis de L'Espine s'associe de tout cœur aux applaudissements qui viennent de prouver au savant secrétaire perpétuel de la Société centrale d'Agriculture de France, combien les agriculteurs de cette région sont heureux du soin qu'il a bien voulu prendre en répondant à leur appel.

Les Conférences agricoles ont offert un grand intérêt, grâce au zèle et à la science de tous ceux qui ont généreusement apporté leur concours. L'industrie et le commerce atteints, comme l'agriculture, par l'invention de l'alizarine, ont apporté leur appui et leur coopération en tout ce qui touche à cette grave question, et nous devons les remercier hautement. L'union de l'agriculture, de l'industrie et du commerce est particulièrement intime dans ce département ; leur rencontre ici n'est pas fortuite : dans l'avenir nous saurons, comme par le passé, nous maintenir étroitement unis.

Les agriculteurs de Vaucluse se sont pressés nombreux autour de nos conférenciers : aux heures de réunion, ils ont su se priver des distractions du dehors, de ces fêtes si magnifiquement organisées par le très dévoué maire d'Avignon, ils ont pensé qu'il fallait se recueillir, étudier, et faire appel au travail, à la science pour dominer la crise : un tel exemple nous donne les plus grandes espérances, l'énergie dans l'adversité est un gage de salut pour l'avenir.

L'utilité des Concours régionaux est aujourd'hui admise par tous. On peut se demander si l'heureux essai fait à Avignon des Conférences agricoles n'est pas une innovation qui plus tard s'imposera comme un accessoire obligé des Concours régionaux. Est-il un moyen plus simple et plus pratique de réunir les agriculteurs qui de tous les points de la région se rendent au siège du concours ? Peut-on leur offrir une meilleure occasion de se voir, de se connaître et de traiter ensemble de toutes les questions d'intérêt commun qui se présentent si multiples, si variées, en agriculture ? L'éminent inspecteur général M. Halna du Frétay, qui a encouragé, suivi nos travaux et constaté leur succès — (peut-être inespéré) — est trop bon juge en la matière pour qu'il soit permis d'insister plus longtemps.

Nous sera-t-il donné de nous réunir encore et de nous revoir ? Le département de Vaucluse, à la suite d'une récente décision ministérielle, est distrait de la région méditerranéenne et fait partie d'une nouvelle circonscription qui comprendra les départements des Alpes, de la Savoie, de l'Isère et de la Drôme. Ce n'est pas sans regrets que nous voyons cette séparation : la langue, le climat, l'origine et la similitude des produits semblaient rendre notre union nécessaire avec la région méditerranéenne. Quoi qu'il en soit, nous disons aux amis dont on nous sépare, au revoir ! Les liens qui nous unissent étaient depuis longtemps resserrés non seulement par d'excellents rapports, mais aussi par les communs efforts que nous avons tentés, non sans succès quelquefois, dans l'intérêt agricole. Nous ne saurions les oublier, nous ne voulons point les briser. Les Conférences agricoles nous permettront de revoir nos amis de la Provence et du Languedoc, de les réunir avec ceux de la région Alpestre, de les revoir dans cette intelligente et hospitalière cité, qui sera toujours heureuse et fière de les recevoir et de les fêter.

La conférence de M. Barral et les paroles de M. le Président de la Société d'Agriculture, imparfaitement reproduites par ces simples notes, ont été couvertes par les applaudissements.

M. le Préfet déclare close la session des Conférences agricoles.

Th. GOUBET, Secrétaire.

DES STATIONS AGRONOMIQUES

Dans la séance du vendredi 7 mai, présidée par l'honorable inspecteur général de l'agriculture, M. Halna du Frétay, la question de l'établissement dans notre département d'une station agronomique a été soulevée et discutée sous divers points de vue. Bien que depuis longtemps déjà nos différentes administrations eussent émis le vœu d'une semblable création chez nous, bien que le Conseil général, la Chambre de Commerce, la Société d'Agriculture fussent désireux de voir s'établir au milieu de notre agriculture si éprouvée une institution aussi utile et aussi capable de préserver l'agriculture des mécomptes qui, dans Vaucluse surtout, sont venus l'assaillir, aucune suite cependant n'avait été donnée à ces votes. Grâce au concours régional de 1875, grâce aux savants conférenciers qui nous ont montré toute l'importance de ces institutions et surtout grâce à la présence de M. du Frétay, le sympathique représentant du Gouvernement, la coordination de tous ces vœux a pu se faire et la création d'une station agronomique avec ses annexes entrer dans le domaine des faits.

Les stations agronomiques sont d'origine allemande ; c'est dans ce pays qu'elles ont pris le plus grand développement et qu'on peut le mieux étudier leur organisation. Persuadés des services que les sciences et surtout la chimie ont rendus à toutes les industries depuis un quart de siècle, les agriculteurs allemands ont compris des premiers tout le parti qu'ils pourraient retirer des découvertes modernes. Aidés par quelques hommes éminents, auxquels l'agriculture doit ses plus remarquables progrès, favorisés par la multiplicité des laboratoires de recherches qui se rencontrent de toutes parts en Allemagne, ils ont pu doter chaque ville importante de province, chaque région agricole, d'un de ces principaux établissements. Aujourd'hui plus de 35 stations sont organisées dans les états allemands, tandis que la France n'en possède que 4 ou 5.

Aussi, sous leur féconde impulsion, le commerce des engrais artificiels s'est-il largement développé ; les connaissances scientifiques ont pénétré dans les campagnes, apportant avec elles les saines théories de la nutrition des végétaux et les méthodes les plus rationnelles de culture du sol. Si malgré un climat inhospitalier et un sol peu favorisé par la nature, la production agricole et industrielle a plus que doublé dans ces pays-là, ne pourrait-on pas à bon droit en faire remonter l'heureuse influence à leurs nombreuses institutions scientifiques ?

La chimie étend journellement le cercle de ses connaissances. Après avoir porté ses investigations sur la matière inerte, minérale, elle a agrandi ses horizons à mesure que s'élargissaient ses moyens d'action et cherché à découvrir la constitution intime de la matière organisée. Aujourd'hui un pas de plus est fait et c'est sur l'action des matières minérales sur l'organisation des êtres ayant vie que la chimie porte ses recherches. Le champ est vaste et les premiers résultats obtenus, dignes d'admiration. Mais si jusqu'ici les découvertes sont à peu près restées dans le domaine de la science pure, si ses conceptions ne sont accessibles qu'à ceux qui font de ces études le but de leur vie, le résultat qu'en pourra retirer la pratique sera bien limité. Pour qu'elles puissent pénétrer dans le domaine commun, pour qu'elles puissent devenir familières à tous ceux que les faits appliqués seuls intéressent, il faut que des efforts longtemps soutenus, que des études patientes changent en quelque sorte le caractère privé des premières inventions et, en les simplifiant, les rendent accessibles à tous. Ceux qui les mettent en pratique n'en auraient point découvert les germes, de même que ceux qui ont trouvé ces germes n'auraient pu ou voulu se livrer aux soins nécessaires pour en tirer parti.

Eh bien ! c'est à cette diffusion des connaissances élevées, à cet épanouissement des découvertes et des doctrines scientifiques que les laboratoires et les stations agronomiques sont conviés. Ils sont fondés pour ce but spécial, et les services qu'ils ont rendus à l'Allemagne, et dont notre malheureux département est un frappant témoignage, sont trop évidents pour qu'ils soient déniés.

« Une station agronomique, d'après M. Grandeau, le savant directeur de celle de l'Est, est avant tout un établissement d'utilité publique, destiné à mettre au service des praticiens de profession les enseignements de la science. Les stations ne sont point des laboratoires de recherches consacrés à des travaux personnels. Ce ne sont pas davantage de simples laboratoires industriels ouverts dans un but de spéculation, d'ailleurs très licite, aux personnes qui désirent faire faire des analyses de sols et d'engrais. Les stations ont pour but réel d'offrir aux agriculteurs de la région où elles existent, à côté de la possibilité de faire exécuter des analyses, les moyens d'obtenir des conseils, des renseignements et, au besoin, des expériences dans le laboratoire, dans l'étable et dans les champs d'essai, sur toutes les questions qui touchent à l'agriculture. Les directeurs de stations sont les conseillers naturels des cultivateurs de leur région ; ils doivent être à la fois chimistes, physiologistes et agronomes ; ils appartiennent au public agricole avant de s'appartenir et leurs travaux personnels sont la plupart du temps suggérés par les questions que leur pose la pratique, les relations journalières avec les agriculteurs ; ils doivent être les promoteurs dans leur sphère d'action de toutes les améliorations agricoles : mode de préparation d'emploi des engrais, nouvelles méthodes de culture, améliorations dans le traitement des fourrages, leur conservation, leur utilisation par le bétail, etc. En un mot, toutes les questions importantes pour les exploitations rurales doivent appeler leur attention et fournir matière à des conseils, à une propagande d'autant plus active qu'elle est absolument désintéressée. »

Les stations agronomiques, sont, comme on le voit, les auxiliaires indispensables des Sociétés d'agriculture. Ces dernières rendent journellement, il est vrai, de grands services; elles font pénétrer dans les campagnes les meilleures machines, les meilleurs procédés de culture; elles excitent une louable émulation entre les agriculteurs, mais ces services sont d'un ordre purement matériel, si l'on peut s'exprimer ainsi; ils se meuvent dans un cercle que la science peut seule ouvrir. Toutes devraient posséder un grand laboratoire d'essai et de recherches qui leur permît de faire descendre dans toutes les intelligences et toucher du doigt, aux moins clairvoyants et aux plus hésitants, les bienfaits de la science.

L'esprit d'association porté à un si haut degré chez les agriculteurs allemands a présidé presque partout à la création des stations agronomiques.

Partout aussi l'État encourage par des subventions le développement de ces établissements. Soutenus par les sociétés d'agriculture dont le nombre dépasse 2000, ils jouissent d'une vie propre, d'une indépendance des plus favorables aux travaux scientifiques. Quelques-unes ont un budget très-élevé, d'autres plus modestes se bornent au titre de laboratoires agricoles. Les unes s'adonnent spécialement à des recherches de Zootechnie et de Physiologie animale, les autres sont organisées pour rechercher l'influence chimique et physiologique des engrais et des graines sur la production végétale.

Leur budget moyen est de 14 à 15,000 fr. qu'on peut décomposer ainsi qu'il suit, pour le cas qui nous occupe.

DÉPENSES :

Traitement du professeur d'agriculture et directeur de la station, (y compris ses frais de déplacement.) . . . . F. 7,000

Traitement d'un chimiste. 2,000

A reporter. F. 9,000

Report. F. 9,000

Traitement d'un garçon employé au laboratoire et au champ d'expériences. — 800

Entretien annuel du champ d'essai (location d'un hectare de terre, engrais, culture, observations météorologiques.) — 2,000

Correspondances, publications de la Station. — 1,200

Dépenses annuelles d'instruments, appareils, réactifs. — 2,000

15,000

RECETTES :

Allocation des ministères de l'Instruction publique et de l'Agriculture, pour le traitement du professeur, (1,500 fr. chaque.) — F. 3,000

Allocation du département pour le même motif. — 1,500

Subvention de la ville d'Avignon. — 3,600

Subvention de la Chambre de Commerce et de la Société d'Agriculture. — 500

Subvention du Conseil général pour la Station agronomique. — 4,000

Analyses, pour mémoire (1). — 400

Subvention du Gouvernement. — 2,000

F. 15,000

Ainsi, à la tête d'une station agronomique, se trouve un homme de science, dans la véritable acception du mot. Ses fonctions sont multiples. Il est d'abord chargé d'un cours privé d'agriculture aux élèves de l'école normale. Cet enseignement embrasse tous les faits qui rattachent la culture

(1) Le produit des analyses ne figure pas dans le compte-recettes ; 1° parce qu'elles sont faites à un taux excessivement bas pour l'agriculteur et 2° parce que les bénéfices ou du moins l'excédant de recettes auxquelles elles peuvent donner lieu sert à faire face aux dépenses imprévues des expériences de quelque importance.

du sol à l'agronomie proprement dite ; il explique sur quelles bases reposent les doctrines agricoles ; la portée des découvertes scientifiques de ces 30 dernières années ; le néant des préjugés et des observations superficielles qui faussent les esprits et entravent le libre examen des faits journaliers, en leur faisant bien apprécier l'influence féconde qu'est appelée à exercer sur les progrès de l'agriculture l'union des sciences chimiques et physiologiques à la pratique de tous les jours ; afin que chacun d'eux, rendu dans leur village, soient à même d'inculquer dans les jeunes intelligences qui s'ouvrent à leurs conseils le germe des véritables notions scientifiques en dehors desquels il n'y a que routine aveugle et mécomptes certains.

En outre, comme directeur de station, le même professeur fait des conférences publiques, dans le local du laboratoire, sur toutes les questions qui intéressent l'agriculture de la région, de même que sur les résultats acquis ou signalés dans les champs d'expériences. Enfin, des tournées dans les principaux centres de population du département complètent cet enseignement agricole, qui s'étend ainsi sur tous les points de la région.

Par ce genre d'enseignement, l'influence des directeurs de station sur l'avenir de l'agriculture de telles contrées est illimité. D'eux seuls dépend en grande partie le succès de ces établissements.

Aussi faut-il que par des études préalables et toutes spéciales, ils se soient familiarisés avec la chimie, la géologie, l'histoire naturelle et surtout la physiologie végétale. Leurs connaissances scientifiques doivent être très variées, pour qu'ils soient à même de traduire en expériences utiles ou en procédés nouveaux les données fournies par les découvertes chimiques. Leur enseignement oral, judicieusement conçu, doit avoir pour but : de faire comprendre à toutes les classes de la société l'importance des questions agricoles, la nécessité pour les agriculteurs de rompre avec un passé aux pratiques inconscientes, aux traditions irraisonnées, pour suivre au contraire les saines méthodes, les procédés rationnels de culture du sol. Il faut ensuite qu'ils fassent bien pénétrer dans tous les esprits le rôle fondamental que le sol, l'eau, les engrais et l'air jouent dans l'acte de la nutrition végétale ; rôle capital dont la connaissance exacte a permis les progrès de toute sorte qui sont enregistrés chaque jour.

Mais pour que ces différentes conditions soient bien remplies, il faut que la direction des stations agronomiques ne soit confiée qu'à des hommes de science, à des savants de profession, et non pas à de simples chimistes ou à des agriculteurs praticiens quelque étendues que fussent leurs connaissances spéciales.

En dehors de l'enseignement oral et des travaux de laboratoires ou de recherches effectuées dans les champs d'expériences, les directeurs de ces établissements ont une autre mission à remplir, mission dont l'importance est très grande, si l'on considère les intérêts en jeu et les résultats qui peuvent être atteints. Le commerce des engrais chimiques ou artificiels s'est fait jusqu'à aujourd'hui sans aucun contrôle et sans garantie efficace pour l'acheteur. Toutes les pénalités édictées contre les industries deshonnêtes sont restées à peu près lettre-morte, les frais d'analyses et des poursuites judiciaires étant bien au dessus, la plupart du temps, non seulement de la valeur de l'engrais vendu, mais même des ressources du cultivateur qui se trouvait lésé dans ses achats ; il en résulte par conséquent une quasi-impunité pour les fraudeurs, une concurrence désastreuse pour les négociants honnêtes et un discrédit qui s'étend à tous les produits fabriqués en dehors des fermes.

Dans tous les engrais, trois corps chimiques ont seuls une influence capitale sur la végétation : eux seuls, par conséquent, règlent leur prix. Ces corps sont l'azote, l'acide phosphorique et la potasse. Ils affectent tous les trois plusieurs états particuliers, à chacun desquels correspondent des propriétés différentes, une influence plus ou moins énergique sur la végétation et une valeur vénale

plus ou moins élevée. Sont-ils solubles et assimilables ? ils
atteignent leur maximum d'effet utile ; sont-ils insolubles ?
leur action est très souvent nulle sur les récoltes et partant
leur prix diminue en proportion.

Si donc un marchand, mû par une pensée de fraude,
évite à dessein de mentionner sur ses factures soit le dosage
total de ces trois corps fertilisants, soit l'état particulier
dans lequel ils se trouvent dans l'engrais qu'il vend, il lui
sera loisible de tromper impunément les acheteurs.

De telles fraudes sont journalières. Il appartient aux
stations agronomiques de les faire cesser. Elles atteignent
ce but en contrôlant la fabrication des engrais chez l'industriel lui-même, en accordant toutes facilités pour les
analyses des matières vendues et en signalant au public
agricole, non seulement les engrais qui, à un prix de vente
le plus bas, joignent une teneur en produits fertilisants la
plus élevée, mais encore ceux qui aux analyses accusent
un écart de prix anormal, en dehors de leur valeur réelle,
et partant pourraient causer des pertes sérieuses à ceux
qui, séduits par des réclames trompeuses, se laisseraient
aller à les acheter.

En résumé, on peut donc bien se permettre de dire que
les stations agronomiques deviennent de jour en jour plus
nécessaires ; que, chargées de vulgariser et de faire descendre dans le domaine agricole les conceptions les plus élevées de la science, elles peuvent amener dans l'agriculture
de telles ou telles régions des modifications profondes ;
de plus, qu'en réglementant ou en contrôlant la vente des
engrais artificiels, elles économisent des sommes considérables à l'agriculture, tout en lui permettant de tirer un
meilleur parti des matières fertilisantes qui sont mises à
sa disposition.

Aussi, en se basant sur les immenses avantages qu'en ont
retirés les pays chez lesquels cette institution est depuis
longtemps établie, ne peut-on qu'adhérer aux vœux si
nombreux que nos différentes administrations ont tenu à
exprimer à ce sujet. Ils montrent toute l'importance qui

est attachée à cette création et donnent aux agriculteurs l'assurance d'une solution prochaine. Déjà, la ville d'Avignon, si bien représentée par son excellent maire actuel, tient à honneur de contribuer largement à une institution aussi utile, et pour aller au devant des difficultés que le manque de locaux ne tarderait pas à soulever, elle accorde de plus les vastes salles du célèbre musée Requien, dont les collections d'une si haute valeur scientifique seront d'un précieux secours pour cette station et la placeront dans une position réellement privilégiée. De leur côté, le Conseil général qui, il y a quelques années, avait voulu créer une chaire départementale d'agriculture, la Société d'Agriculture, la Chambre de Commerce, dont tous les votes récents ont exprimé leur vif désir de posséder un semblable établissement, prêteront sans nul doute un concours des plus dévoués et des plus larges au gouvernement dont le bon vouloir, est, croyons-nous, complètement acquis à une œuvre aussi utile et aussi nécessaire à notre région.

Ils doteront ainsi notre département d'une institution qui lui faisait défaut et assureront la continuation des expériences et des travaux entrepris par la Commission des essais sur la garance instituée par la Chambre de Commerce et la Société d'Agriculture de Vaucluse, travaux qui paraissent devoir exercer une influence décisive sur les déterminations du gouvernement au sujet de la station projetée.

A. RIEU.

Imprimerie A. Chaillot.

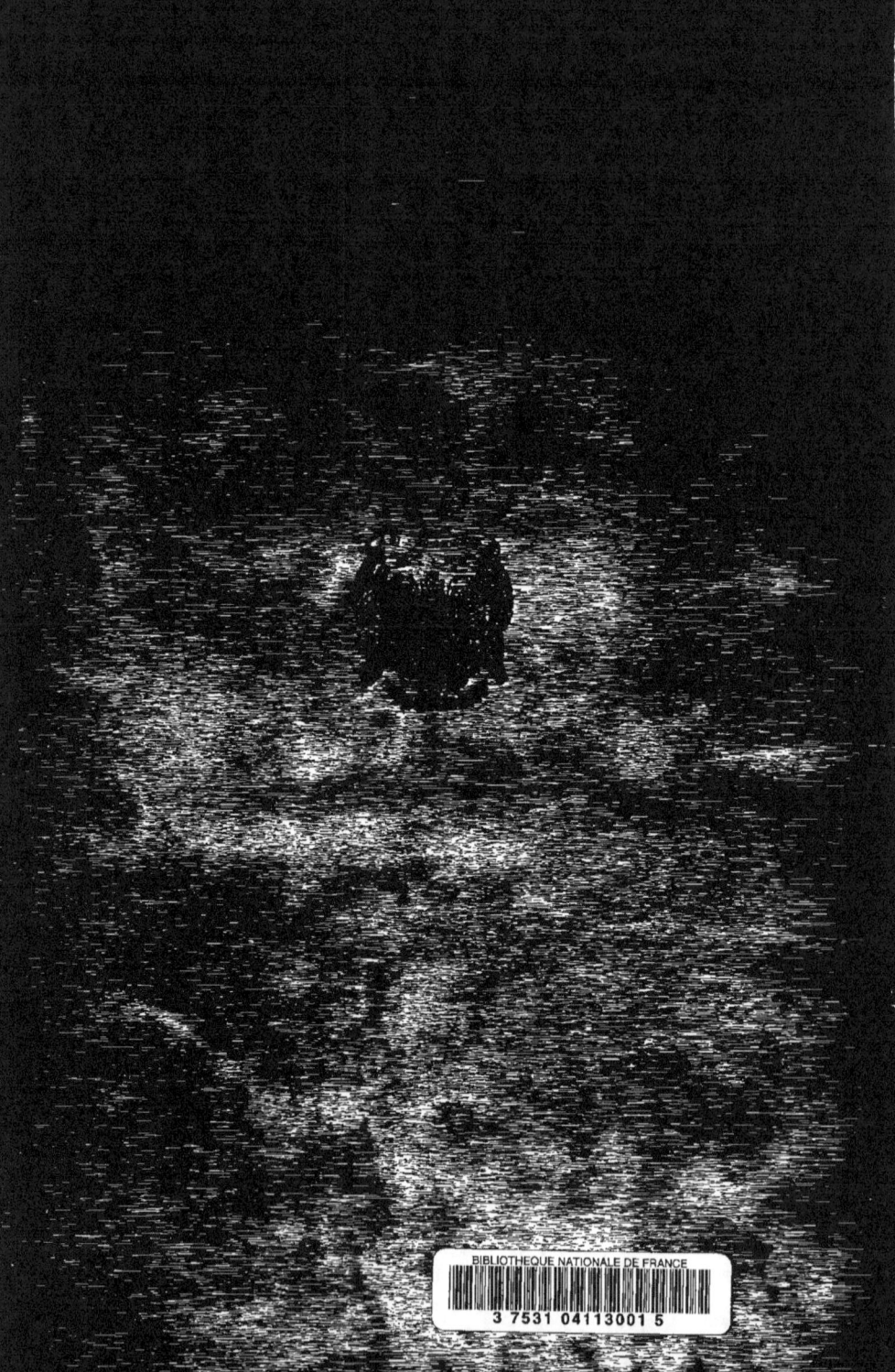

www.ingramcontent.com/pod-product-compliance
Lightning Source LLC
Chambersburg PA
CBHW060455260626
47161CB00005B/2121